目次

装幀　坂野公一（welle design）

仮面家族

夢を見ていた。とても、幸せだったときの家族の記憶。少女はまだ幼くて、目の前にある苺の載ったケーキを見てはしゃいでいた。父親がビデオカメラを回していて、母親はハッピーバースデーの曲を歌っている。ろうそくの数は七本、一本ずつ火が灯されていく。ふーっと息を吹きかけると、目の前が真っ暗になった。「もう一回もう一回」とせがむ少女に「仕方ないな」と父親が言って、もう一度ろうそくに火が灯される。何度かそれを繰り返していると、母親が「もう、終わり。電気点けるわよ」と言った。

——パチン。夢は、そこまでだった。

頭が朦朧《もうろう》とする。体もだるい。寝すぎたときのような倦怠感と頭痛が少女を襲う。

ここは、どこ?

一生懸命目を見開いても、暗くてよく見えない。

だけどそれが目隠しじゃないことはわかった。頭から何かを被せられている。首を振ると、頬骨にカサカサと乾いたものが当たった。肌を撫でる風は冷たいのに、体中が汗ばんでいた。

服が背中に張りついていて気持ちが悪い。うなじにも何か張りついている。この違和感の正体は何？

うっ。口から出ようとする空気を何かが遮る。声が出ない。唇が上下ぴたりとくっついて動かせない。ちろりと舌を出してみると、口の周りの皮膚が僅《わず》かに前に引っ張られる。ガムテープのようなもので口を覆われていて、うーうーと小さく唸るのが精いっぱいだ。

椅子に座らされているのは感覚でわかったが、身動きが全くとれない。縛り付けられている。少女は、なぜ自分が拘束されているのかわからない。

『どうして？』

声にならない声に答えるように、誰かが耳元で囁《ささや》いた。

「絶望を見せてあげる」

声の主はわからなかった。幻聴だったのかもしれない。

しばらくして、ドアの開く音がした。後方から足音がする。ゆっくりと何者かが迫ってくる。

『助けて』

少女は、祈る。しかし、その思いは届かない。

「許さない」という呟きと共に、首がぎゅうっと絞めつけられた。馴染みのある声と匂い。その正体に気づいて愕然《がくぜん》とする。

どうして？　なんでこんなことするの？　湧き出る思いは声にならない。

苦しいよ……。助けて……。お願い……。

――あ、これを絶望って言うんだね。

第一章　『あの子と仲良くなりなさい』

【少女A】

お母さんが壊れてしまったのはいつからだろう?

毎日、家族のアルバムを見つめては不気味な笑みを浮かべて、昔の思い出に浸っている。いつも超小型ワイヤレスイヤホンをしていて、まるでこっちの世界を拒絶しているように見える。もう戻らない日々に思いを馳せ、時間が止まってしまっていることに気付いていない。その行為は、狂気じみていて恐ろしい。

食卓には、ちゃんとした料理が並んでいて、私と新しいお父さんは、それを黙って食べるしかない。それは、ケチのつけどころがないくらい美味しくて、この人はまだ正常なんだと安心させられる。

蛤《はまぐり》のお吸い物、菜の花のお浸し、桜でんぶと錦糸卵がたっぷりのちらし寿司。

目の前に座る男は、ぎこちない笑顔で「気にしなくていいから」と呟く。まるで、私を宥《なだ》めることが自分の役目のように。

新しいお父さんとは、まだうまくコミュニケーションが取れない。見た目は、良い方だろう。

愛嬌《あいきょう》のある笑顔にちょっと色気があって、女を惑わせる雰囲気がある。ただ、父親感は皆無だ。まだまだ現役で女を口説《くど》いていそうな感じ。

たぶん、お母さんよりかなり年下なんだと思う。何歳だったかは忘れたけど、推定三十代前半。媚《こ》びたような笑顔がちょっと苦手だけど、根は悪い人ではなさそうだ。

このマンションに引っ越してきて十日が経つ。コンビニも近いし、駅も近い。住宅街ということもあって、小さな子供向けの遊具のある公園から、緑の多い大きな公園まであり、場所には何の不満もないけど、新しい生活にはまだ慣れない。

「前の人って、どんな人だったの?」

新しいお父さんが小声で訊いてきた。

「え?」

「いや、だから前のお父さんだった人」

なんてデリカシーのない人なんだ。

「うーん。そんなに一緒に生活してたわけじゃないんで。えっと、ふつうのおじさんでした」

「へえ」ちょっと不満そうに、私を見てくる。

釣りが趣味だったとか、日曜大工が得意だったとか、そういう具体的なことが訊きたかったのだろうか。前のお父さんと新しいお父さんのどっちがいいかなんて私には決められない。だって、決めるのはいつもお母さんだから。この家は、お母さん主導で回っている。私には、何の権限もない。お母さんに言われた通りにするしかないのだ。

「栄子《えいこ》ちゃん、制服の準備できてる？」

お母さんは、突然立ち上がると、私の方につかつかと歩み寄ってきた。

「あ、はい」

「頑張ってね。なんでも、最初が肝心だから」

真上から見下ろしながら言った。お母さんは背が高いから、余計に迫力がある。おそらく、一七〇センチはあるだろう。

「はい」

「そっか。栄子ちゃん、明日から女子高生か。で、僕は、入学式には行かなくていいの？」

新しいお父さんは、私の顔をじろじろ見ながら訊いた。お母さんの前では、別人になる。良き夫、良き父を演じるのに必死だ。声のトーンだって、さっきと全然違う。

「賢人《けんと》さんは、お仕事があるでしょう。スケジュール通りにやってくれないと困るわ」

お母さんが早口で答えた。この家には、日記帳のような「ノート」があって、そこで一日の出来事を報告しなければいけないルールが存在する。普通の日記と違うのは、お母さんからの指示が赤ペンで書かれていること。私たちはそれに従い、生活をしている。新しいお父さんがどんなことを書いているかは知らない。見るのはお母さんだけだ。

「冗談だよ」

新しいお父さんは、へらへらと笑いながらビールを流し込んだ。私のことをからかっているのか、単にスケジュールを把握していないのか、わからなかった。

「わたし、あなたの絵が好きなの」

お母さんの声は冷ややかだ。何を喋っても温度がない。放たれるたびにぞくりとする。一定のリズムで紡がれるその言葉には、一切の感情がこもっていない。

「由布子《ゆうこ》さんに、そう言ってもらえると僕も嬉しいよ」

新しいお父さんが満面の笑みで答える。この人も、感情が表に出ないタイプなのだろう。基本的には優しいけど、全部が嘘くさい。

私たちの食卓は、いつも舞台のセリフを言わされているみたいで気持ちが悪い。

「玄関に飾ってあるサルビアの絵、とても素晴らしいわ」

「サルビアの花言葉は、尊敬・知恵・良い家庭・家族愛だ――」

新しいお父さんの仕事は、画家らしい。主に、花をモチーフにした絵を描いている。私は、花に詳しくない。玄関に飾ってある赤い花がサルビアという名前だってことも今知った。この家には似合わないどぎつい色。ベタベタと絵の具をキャンバスに塗りたくったような下品な絵だ。

「――それから、サルビアは英語でｓａｇｅと言ってね、賢人という意味でもあるんだ」

「上出来よ、賢人さん」

変な会話だ。私が入る余地なし。急いで食事を済ませ、自室に戻った。

「あー、息がつまる」

小さく吐き出したものの、スッキリしなかった。

姿見に映った私は、とても不安げで泣きそうな顔をしている。頬を軽く叩いて、気持ちを切り替えた。大丈夫大丈夫。まだ袖《そで》を通したことのない制服を、体にあててみる。数ヶ月前の自分にはとても信じられないだろう。この制服を着ることになるなんて。

似合う、かな?

鏡の前で笑う練習をしてみる。頬を上げて、口角を上げて、瞳に力を込めて微笑む。明日からのことを想像した。ちゃんとやっていけるかな、とドキドキする。大きく深呼吸をして、なんとかなるなんとかなる、と自分に言い聞かせた。テレビを点けて気持ちを落ち着かせる。誰かが喋っている声を聴きたかった。この家は静かすぎる。

コツコツ、と扉を叩く音がした。

「はい」

「栄子ちゃん、苺持ってきたんだけど、食べる?」

お母さんだ。ゆっくり、扉を開ける。

「ありがとうございます」

私は苺の載った盆を受け取ると、すぐに扉を閉めようとした。

「明日、髪、結ってあげようか？」

お母さんが私の髪の毛に指を絡ませて微笑む。

「大丈夫です。自分でできます」

「栄子ちゃんの長い髪、わたし好きよ。とっても綺麗」

目尻いっぱいに皺《しわ》を寄せて笑っている。首筋に纏《まと》わりつくような視線に耐えられず、思わず斜め下を向いた。私は、この人が怖い。表情筋だけで笑顔を作って、目は死んでいる。この人が壊れた理由を知りたい。だから、私はこの人に従う。いい子のふりをしようと決めた。


翌朝。スマホのアラームが鳴る前にベッドから起き上がった。緊張で全く眠れなかったのだ。柔らかいベッドの上で、何度も寝返りを打ってはスマホを見つめた。早く時間が過ぎればいいと祈りながら。

鏡で自分の顔を見て、目の下にクマがうっすらとできているのが気になった。ＢＢクリームを顔全体に薄く塗ってごまかした。「よし、ＯＫ」と呟いて自室を出ると、お母さんが部屋の前に立っていて驚いた。思わず、ひっ、と短い悲鳴が出る。

「お、おはようございます」

「栄子ちゃん。スカーフが曲がってる」

お母さんが、私の制服を細かくチェックしてくる。上が純白で下がグレーのセーラー服。スカーフは朱色で、とても綺麗。憧れの制服に胸が高鳴る。

「これ、やり直しましょう。もっと大きく立体的に作った方がいいわ」

お母さんは、ぐいっと私の腕を引き寄せ、スカーフの結び目を解いた。なんだか、緊張して鼓動が速くなる。どこを見ていいかわからず、視線を天井に向けた。鼻の奥をツンと刺激するような匂いに目が眩《くら》みそうになった。お母さん特有の匂い。

「できたわ」

「ありがとうございます」

姿見で確認すると、まるで大きな蝶が私の胸元を飾っているようだった。

「栄子ちゃん、唇の色が良くないわ。これ、使いなさい」

お母さんは、色付きリップを手渡してきた。

「ありがとうございます」

「いい子ね」

まるで、小さな子供でもあやすかのような口調だ。

「お、お父さん、起こさなくていいかな」

「いいのよ、あの人のことは放っておいて。無理に仲良くしなくていいから」

毎朝、新しいお父さんは起きてこない。夜遅くまで絵を描いているのか、昼過ぎに起きてしばらくソファの上でぼーっとしている。テレビを観たり、スマホを見たりして過ごす。３ＬＤ

Kの間取りは、一人一部屋ずつ。お互いの部屋を覗くことは、暗黙のルールでタブーとなっている。

「玉子、いくつ？」

「一個で大丈夫です」

この人は、何時に起きているのだろう。毎日、バッチリメイクでキッチンに立つ。そんなに彫りの深い顔立ちではないのに、上手にシャドーを入れているせいか、ちょっとハーフっぽい雰囲気になる。かなり念入りに時間をかけて顔を作り込んでいるのがわかる。お風呂上がりのすっぴんを見れば、別人だと思う人もいるかもしれない。

私は、化粧をしているお母さんよりすっぴんのお母さんの方が好きだ。なんだか、人間らしい感じがするし、ちょっとだけ気が抜けているところもいい。

「そこの紙袋、開けてみて」

「なん、ですか？」

「お昼は、お弁当があった方がいいでしょ？　雑貨屋さんでかわいいランチボックスを見つけたから、買ってきたの」

細長いスクエアの淡いピンク色のお弁当箱だった。

「お母さん、ありがとう」

笑うと、お母さんも笑い返してくれた。

私は、去年までイギリスへ語学留学していた。ホームステイ先のマミィとダディは、豪快で温かくて優しくて、アットホームを絵に描いたような人たちだった。最初は距離感の近さに戸惑ったけれど、私を本当の娘のようにかわいがってくれた。ふくよかな体で私を包み込むように抱きしめてくれたときの温もりが懐かしい。いけない、と思いながらも比べてしまう。居心地がよかったのだ。町も人も何もかもが自分に合っていた。戻れるものなら戻りたい。だけど、この生活も慣れればどうってことないだろう。きっと私はうまくやれる。

「さあ、食べましょう。ミルクティーで良かったかしら？」

「はい。いただきます」

白いお皿の上に色とりどりの食べ物が並ぶ。レタスとパプリカの鮮やかさ、こんがりと焼かれた厚切りトースト、コーンスープ。ハムエッグの上にケチャップをかけると、なんだか絵を描いているみたいな気がした。箸《はし》をさくっと入れると、薄いピンクの膜が破れて黄身がとろりとサラダの方に流れていった。

お母さんは、紺色のスーツに着替えると、真っ赤なルージュを唇に引いた。綺麗だ。スマホをアイスグレーの鞄に仕舞うと、そそくさと玄関に向かった。私も慌てて追いかける。

「急いで」

「はい」

履き慣れないローファーに違和感を覚えながら玄関を出ると、ちょうど隣の住人が出てきた。

父親、母親、娘。親子三人揃って、私たちに挨拶《あいさつ》をしてきた。背が低くてずんぐりむっくりのおじさんと、化粧が濃くて若作りが痛々しいおばさんと、まだ垢抜けないおかっぱ頭の女の子。

例の「ノート」に書かれていた言葉を思い出した。お母さんからの指示は毎日必ずチェックしなければいけない決まりになっている。

――隣家の黒崎美湖《くろさきみこ》と仲良くなりなさい。

この垢抜けない子が黒崎美湖か、と視線の隅で確認した。

「おはようございます」

お母さんは、上手に笑顔を作って答える。私も、笑顔で頭を垂れた。

「あら、もしかして娘さん?」

おばさんが馴れ馴れしく訊いてきた。

「ええ」

お母さんは、笑顔で答える。私は初対面だったが、お母さんとは会えば話す程度には仲がいいらしい。

「あ、いいな。清鸞《せいらん》の制服かわいい」

美湖が羨ましそうに目を細めながら呟いた。紺色のセーラー服が体の大きさに合っていなくて全体的に野暮ったい。それに引き替え、私の制服はばっちり決まっている。誰もが憧れる清鸞高校のセーラー服を着ているのだから当然だ。

「栄子ちゃん、こちらお隣の黒崎さん。ほら、自己紹介して」

さっきから、変な儀式をさせられているような気持ち悪さだ。今どきの日本って、こんなかしこまった挨拶するんだっけ？

「初めまして。佐久間《さくま》栄子です」

上手に笑顔が作れたか自信がない。私は、ただお母さんの顔色を窺いながらこの気持ち悪い空間を乗り切るのに必死だった。

「確か、美湖と同い年って言ってましたよね？」

「ええ」

「なんだか、すごく大人っぽいわね」

おばさんが私を頭から爪先まで舐めるように見て言った。嫌みにも感じられたが、純粋にそう思って言ったのかもしれない。ＢＢクリームと色付きリップを塗りすぎたのだと反省する。

――清楚で可憐で上品に。

例の「ノート」には、そう書いてあった。お母さんの理想の娘を演じるためのマニュアルだと私は捉えている。

おじさんが「美湖とは、全然ちがうなあ」とゲラゲラ笑いながら唾を飛ばす。美湖は、「もう。パパ」と頬を膨らませながら背中を叩いた。三人は、みな同じくらいの背丈で同じような顔をして笑い合っている。なぜだろう。全く笑えなかった。絵に描いたように幸せそうな家族を目の当たりにして、私は胸が苦しくなった。私にもこんな日があっただろうかと、遠い日を思い出していた。

【少女B】

「美湖、入学おめでとう」

ママが、綺麗に盛り付けられたオードブルの写真を撮りながら言った。

「食べ物の写真なんか撮ってどうすんだよ」

パパは、ワインをグラスに注ぎながら呟く。

「インスタに載せるのよ」

「ふーん。花とか食べ物の写真で〝いいね〟もらって嬉しいか？」

「あー、あなた、まだ食べないで。もうちょっと、撮らせて。やだ、指が入ってる。ちょっと退《ど》けて」

ママは、テーブルをぐるぐる回りながらベストポジションを探している。

「なんだよ、めんどくさいな。美湖だって、早く食べたいよな？」

「いいじゃんいいじゃん。ママが好きでやってるんだから」

あたしは、二人の小競り合いをさっさと収束させる。

「ここのオードブルね、なかなか予約が取れないのよ――」

ママは、このお店が今どれだけ人気なのかを早口で捲し立てた。要約すると、芸能人がテレビや雑誌で紹介したことがきっかけとなり、ＳＮＳで話題を呼んでいるということらしい。ママのミーハーなところは、嫌いではない。同じ感覚、とまではさすがにいかないけれど、それなりに話が通じるのはありがたい。必死の若作りが功を奏し、体形もあたしとほとんど変わらない。洋服だって靴だってシェアできる。友達母娘っていいね、と羨ましがられることもちょっと嬉しい。たぶん、ママもそのことを意識してるんだと思う。

「見た目はいいけど、なんか味はイマイチだな」パパが顔を顰《しか》める。

「そう？　こんなもんだよね」

あたしは、ミニアメリカンドッグを頬張った。何度も使いまわしたであろう油がじゅわっと染み出てくる。パパが言うように、盛り付けが凝っているだけで、一つ一つは大したことがない。緑と赤と黄色がバランスよく配置されていれば、美味しそうに見えるから不思議だ。

「いいのよ。味なんて、インスタ見てる人にはわからないんだから」

ママは、あまり料理が得意ではない。というか、手作りのものが食卓に並ぶことはほとんどない。スーパーで買ったレトルト食品や冷凍食品ばかり。うちの電子レンジは優秀だ。いつも、美味しい料理を食卓に届けてくれるんだから。

ほろ酔い加減のパパは、さっきからチーズの盛り合わせばかりをつついている。確かに、この中で一番美味しいのはチーズかもしれない。

あたしは、思わずクスッと笑う。こないだ買ったばかりのランプシェードがパパの薄くなった頭頂部を照らしていたからだ。どうにも、この無駄にオシャレな照明器具が気に食わない。だって、うちには不釣り合いだから。なぜこうなってしまったのか。ママが突然、家でお花の教室をやりたいと言いだしたのが発端だ。それに備え、部屋をオシャレな家具で統一したいと模様替えを始めた。

二年前、パパの通勤時間を短縮するという名目で、千葉から都内に引っ越してきた。突然のママの提案だった。あたしは、念願だった都内在住という響きが嬉しかったけど、無理して買ったこのマンションのローンが相当きついことも知っていた。

ママは、実家があまり裕福ではなかったせいか、ケチが体に染みついているような人だ。そのくせ、見栄っ張りだから質《たち》が悪い。皺寄せはいつだって、あたしとパパにくる。いい加減、気持ちを入れ替えて現実を見てほしいと訴えると、乙女のような表情で涙を流した。泣けば許してもらえる年ではないのに、ママはそれがわかっていない。若い頃の感覚が良くも悪くも残っているのだ。

そこでママなりに考えた結果が、家でお花の教室を開くことだった。どうせなら好きなことでお金を稼ぎたいと思ったのだろう。長年、カルチャースクールでフラワーアレンジメントを習っていた。いくつかの資格を取得し、コンテストなどで小さな賞を取ったことが自信に繋《つな》がったのだろう。元々、自己顕示欲の強いタイプで、周囲からちやほやされることに生きがいを感じる人だ。たとえ生活のためとはいえ、スーパーやコンビニで働くのはプライドが許さなかったのだろう。

だけど、これまで主婦業しかやったことのないママにとって、それは前途多難な道であることも同時に悟ったらしい。教室に通ってくれる生徒をどうやって集めていいか全くわからないという。マンションの掲示板に貼り紙をしたり、近隣のお店にチラシを置いてもらったりしているようだけど、ほとんど成果はない。Instagramを使って宣伝活動を始めたみたいだが、こちらもうまくいっていない。

毎日、フォロワーの数に一喜一憂している。SNSは、短期間で効果が現れるものではなく、地道な作業が必要なのだ。誰でも気軽にできるからこそ、そこで目立つには知恵やコツがいる。

「ねえ、これ見て。美味しそう」

ママは、Instagramで見つけたスイーツショップの写真をあたしに見せてくる。

「あ、ここ、あたしも行きたいって思ってた」

「ふふふ。知ってるー。だって、あんたが〝いいね〟押したってここに出てるもん」

ママは、あたしにスマホの画面を見せて言う。暴露しちゃうんだ、それ。思わず、苦笑する。

Instagramを監視されているのは知っていた。だけど、一日に何回も更新チェックされるのはウザい。誰がどのくらい自分のアカウントを覗いたかわかるアプリがあることをママは知らない。主に食べ物や風景やプリクラを投稿している。やばいものは一切載せていない。ママとしては、身元のわかるものは載せないでほしいらしい。

だから、誰だかわからないくらいに加工したプリクラしか載せないようにしている。あえて、リアリティを持たせるためのプリクラ。これくらいいいでしょ、という反抗的な感じで。何も載せていないと、逆に怪しまれてしまうから。

ママは、あたしがTwitterをしていることを知らない。知られたら大変だ。ネット上の付き合いをママはとにかく嫌う。知らない人との交流は絶対にタブー。悪いことをしているわけではないのに。ただ、自由になりたいだけ。好きなことを好きなようにつぶやきたいし、誰かと繋がっていたい。ママのことは大好きだけど、ちょっと過保護すぎるところが難点。でもまあ、どこの親もそんなもんだから仕方ないって思っている。

「週末、キャンプでも行くか?」

「ごめん。わたし、約束があるの。お隣の佐久間さん家《ち》に呼ばれてて」

ママが言うと、パパが「なんだよー」と口を尖らせた。

うちのパパとママは、仲がいい方だと思う。だけど、俗にいうラブラブとかいう状態とはちがう。良くも悪くも家族。もう、お互いを異性としては見ていない。あたしは、それで十分だと思う。

「美湖はどうだ？　パパの特製カレー、また食べたいって言ってただろ？」

「ごめん。あたし、友達と買い物行くんだ」

咄嗟《とっさ》に嘘をついた。パパの悲しそうな顔を見たら申しわけない気持ちになったけれど、これは自分を奮い起こすための嘘なのだ。口に出したら本当にそうなるような気がするから。

でも、本当はまだ、学校で友達はできていない。今日の入学式だって、誰とも言葉を交わすことなく帰ってきたんだから。

「美湖も一緒に来る？　ほら、栄子ちゃんだっけ。仲良くなるチャンスかもよ」

「なんか、あの子と仲良くなれる自信ない」

「どうして？　賢そうでいい子っぽかったけどね」

「やだよ。清鸞の子となんか仲良くしたくないよ」

「美湖は、落ちたもんなぁ」パパがふざけた口調で言う。

「特待じゃなくて、普通だったら受かってたもん」

学費免除となる特待生として合格しなければいけなかったことを未だに根に持っている。うちの経済状況では、一般枠で清鸞に通うのは厳しかったのだ。あたしの通う北高の軽く三倍の授業料がかかるらしい。制服だけでも数十万するという噂だ。有名なデザイナーが考えただけあって、清鸞の制服は飛びぬけてオシャレでかわいい。

「すまんすまん」パパがほろ酔い加減であたしの頭を撫でた。

「ああいう子って、周りからちやほやされるのが当たり前って思ってそう」

悔しさを紛らわすために呟いてみた。きっと彼女は、学校でも一目置かれる存在なのだろう。あたしは、栄子みたいな女の子の横にくっついて自分のポジションを格上げするのが性に合っている。現にこれまでそうやって、うまく学校生活を乗り切ってきたのだ。今朝、一瞬見ただけでそう感じ取った。ただ立っているだけで華やかな子。じたばたしなくても、友達が自然と寄ってくる子。

「佐久間さん家のご主人、画家なんだって。こないだ、引っ越しの挨拶に見えたとき、絵を持ってきてくださったのよ。ほら、そこに飾ってあるでしょ」

ママが台所のカウンターを指さす。赤紫色のたんぽぽみたいな花にアゲハチョウが乗った、カラフルなイラストだった。絵の良しあしはわからないけれど、立派な額に入っているせいか、とても高価なものに見える。

「それでね、ご主人、若くてイケメンなのよ」

ママがどうでもいい情報を伝えてくる。

「イケメン？　嘘だぁー」

「ほんとほんと。ほら、あの人に似てる……」

ママが興奮気味に、不倫ドラマで一世を風靡《ふうび》した有名俳優の名前を挙げる。

「隣の奥さん、都会的な美人だよなぁ」

負けじとパパが言い返す。

「佐久間さん家のご主人、優しいのよ。こないだ、わたしが買い物袋を二つ提げてたら、さっと手に取って持ってくれたんだから」

「はいはい」パパは、不貞腐れたようにぐいっとワインを飲み干した。

「へー。それよかさ、画家って儲かるの？」

あたしは、パパのご機嫌を窺うように訊いてみる。

「そんなのピンキリだろう」パパが、カマンベールに醤油をつけながら答えた。

「でも、いい人が引っ越してきて良かったわ。前のお隣さんは若すぎて、全然仲良くなれなかったもの」

「そういえば、前のお隣さんってなんでここ出て行ったんだっけ？」

あたしが訊くと、パパが首を捻った。確か、新婚夫婦が住んでいたはずだ。子供はいなかったと思う。挨拶をする程度で、特に交流はなかった。ママから、引っ越ししたという話を聞くまで気づかなかったくらいだ。

「今年の頭ぐらいに、急に出て行ったよな。もったいないよなぁ。買って一年足らずで出ていくなんて」

「たぶん、ご主人のご両親と同居するとかじゃなかったかしら」

「それは、千葉のときのお隣さんだよ」

パパが突っ込む。

「あら、そうだった？　ええと、なんだったかしら」

「まあいいや」

あたしは、自室に戻りベッドに寝転ぶと、すぐにTwitterを開いた。ママの知らないあたしがそこにいる。大したことは何も書かれていない。ほとんどが悪口だ。たまに、見栄を張るための嘘もつく。フォロワーだって、百人程度。リア友が三分の一で、それ以外は知らない人。ストレス発散なんて大袈裟《おおげさ》かな。でも、これがないとやってられないんだ。

ごめんね、ママ。


日曜日。行く当てもなく家を飛び出した。ママは、お隣の奥さんとランチで、パパはキャンプ道具を買いにホームセンターへ出かけた。

駅までの道をふらふらとスマホを見ながら歩いていた。道路は狭く、歩道と呼べるような歩道はない。路駐している車に当たらないように気をつけながら歩を進める。

あたしの真横を一台の車が猛スピードで走っていった。思わず、危ないじゃんと文句を垂れる。気をつけよう、とスマホを閉じた瞬間、Twitterの通知が来たのでタップした。今朝投稿したツイートへのリプだった。ついつい、メッセージのやりとりに夢中になる。

そのとき、どん、と肩に衝撃が走った。目の前が一瞬暗くなった。かっと目を見開くと、宅配業者の制服を着た男の人がうずくまって呻いていた。

「大丈夫ですか？」

あたしは、自分の不注意だと思って声をかけた。

「痛《い》ってー」

男が顔を顰めつつあたしを見上げて言った。三十代半ばくらいのおじさんだった。

「すみません」

男はあたしの言葉を無視して、道路の脇に転がった木の箱を拾って苦い顔をしている。もしかして、ぶつかった拍子にこれを落としてしまったのだろうか。

「ちょっとぉ、どうしてくれんだよっ。これ、今からそこの家に届けなきゃいけないのにっ」

あまりの剣幕に一歩後ずさる。

「す、すみません」平謝りする以外なかった。

「やばいな。これ、中身ガラス細工なんだよ」

男は自分の耳元に箱を持っていくと、軽く振った。割れていないか確かめているのだろう。割れ物注意と書かれたステッカーが目に入った。

「えっ、どうしよう……」あたしは慌てて、すみませんを連呼する。

「君さ、連絡先教えてくれる？」

「いや、それはちょっと困ります」

「こっちだって困るんだよ。ぶつかってきたのは君の方なんだから。弁償してもらうことになるけど、どうする？　おうちの人呼ぶ？　それとも、学校に連絡してもいいけど」

男は、執拗に責めてくる。

どっちも嫌だ。今、お金の話なんてうちではできないし、学校なんかに連絡されたら大変なことになる。

「あの、あたしの携帯番号教えるんで、それで勘弁してください」

「わかった。どのくらい請求されるかわかんないけど、ちゃんと払ってね。あと、電話に出てね。名前は？　フルネームで」

男は、威圧的に言うと、近くのマンションに入って行った。

どうしようどうしようどうしよう。汗が止めどなく噴きだしてくる。個人情報を他人に教えてはいけないと散々ママに言われてきたのに、つい勢いに圧《お》されて教えてしまった。誰かに聞いてほしくてすぐにTwitterでつぶやいてみた。だけど、こんなときに限って誰も反応してくれない。タイムラインで流れてくるどうでもいいつぶやきを流し見る。思わず、手が止まった。

——MKBがタヒったらしいよ
——自〇だってさ
——やばっ

――お葬式行く人？

――シーン（笑）

同級生のツイートを見たら、そんなやりとりが交わされていた。過激な言葉を投稿すると表示されなくなってしまう可能性があるので、みんな隠語を使って書いている。タヒとは「死」をカタカナの横書きで表記したもので、ネットスラングの一つ。ＭＫＢとは、中学二年のときに担任だった真壁《まかべ》のこと。「殺」を○で伏せ字にしているが、前後の文面を見れば誰だって自殺とわかる。

真壁という女性教師の顔が浮かんだ。以前から、ちょっと思いつめやすい性格だとは思っていたけど、まさか自殺するとは。他の同級生同様に、単なる情報の一つとして受け流した。

昨今の中学校では、教師が捕まることも自殺することもそう珍しいことではない。話題として一瞬盛り上がるけどすぐに忘れてしまう。たとえそれが自分と関わった人間であっても、よっぽどのことがなければ気にも留めない。へぇという感じで流して終わり。結局、みんな自分のことで精いっぱいなのだ。他人のことで悩んだり悲しんだりする余裕がない。というか、そこまで人に興味がない。

駅の方に向かって歩き始めた。だけど、人混みが鬱陶《うっとう》しくて構内に入るのは止めた。また誰かにぶつかってトラブルを起こすのが怖かった。さっきの感触がまだ肩に残っている。行く当てもなく彷徨《さまよ》い歩いた。コンビニで買ったホットスナックを公園のベンチで食べながら時間を潰す。いつ電話がかかってくるかわからない恐怖で手が震えた。目の前の壁に〝歩きスマホに注意〟と書かれたポスターが貼ってあった。

「遅いよ」と愚痴る。

気付いたら、ふらふらとした足取りで自宅のマンションの前を行ったり来たりしていた。

三時頃に宅配業者の男から電話がかかってきた。「はい」と小声で出ると、ドスの利いた声が返ってきた。

「黒崎さん？　さっきのやつなんだけどさ、会社と俺とで折半することになってさ。あんたには俺が払う分を出してほしいわけ。ありがたく思えよ。全額出さなくていいんだから」

あれ？　こんな話し方だったかな。セッパンって何？　なんか、怖い。

「聞いてる？　で、早い話が二十万円弁償してほしいんだわ」

「えっ。そんな、無理です」

「ああん？　じゃ、親に頼みなよ」

「いえ、それはちょっと」

「ふざけてんの？　じゃあ、急には無理だろうから少し時間やる。逃げんなよ」

男は、脅し文句を言い放って電話を切った。またしつこくかかってきそうだ。どうにかしないと、と気が焦る。自分の通帳に入っている定期を下ろせば、十万円くらいはなんとかなりそうだ。でも、あと十万どうしよう。

そうだ。パパにちょっとお小遣いをもらおう。三千円か五千円くらいならどうにかなるだろう。でも、全然足りない。

「あー、最悪。なんでこんなついてないんだろ」

スマホを潰すようにぎゅっと握って、ポケットに突っ込んだ。

「美湖ちゃん？」

後ろから声をかけられ、びくっとなって振り返ると、清鸞の制服を着た女の子が立っていた。シャンプーのCMに出て来そうなサラサラロングヘア。色白で目が茶色に透き通っていて綺麗な子。お尻まである髪もほんのり茶色で、全体的に色素が薄い。

「栄子、ちゃん……」

髪を下ろしていると、一段と大人っぽい。

「どうしたの？　顔色悪いよ」

栄子が優しくあたしの肩にそっと手を置いた。さっき男の人とぶつかったところが、じん、と温かくなる。

「あのね……。あたし……。今ね……」

しどろもどろになりながら、先ほどの一部始終を栄子に話した。誰かに聞いてほしかったのだ。

「そっか。それは、辛かったね」

栄子は、とても親身にあたしの話を聞いてくれた。勝手な思い込みで敬遠していたけど、見た目以上に中身もいい子なのかもしれない。

「ねえ、美湖ちゃん、私と一緒にバイトしない?」

「え? バイトってどんな」

「さっき、パン屋さんのアルバイトの面接に行ってきたの。そこの店長さんがすごくいい人でね、お友達がいたら紹介してねって言われたの。美湖ちゃんもどうかな?」

「なんで、栄子ちゃんがバイトなんかするの?」

だってあなたの家はお金持ちでしょう、という意味を込めて訊いてみた。

「私、去年までイギリスに留学してたの。そのとき食べてたマフィンやスコーンの味が忘れられなくて。パン屋さんで働いてみたいなって思ったの」

「留学? パンが好きだから……。へえ……」

想定外の答えに、呆気に取られていた。羨ましいを通り越して、すごいなと圧倒される。そして、彼女のチャーミングなところに惹かれている自分がいた。

「でも、ママとパパがいいって言うかな。あたし、勉強しないといけないし」

「大丈夫だよ。テスト前とかは休めばいいし。勉強の息抜きにもなると思うよ」

栄子は、あたしの目をまっすぐに見ながら言った。

もう、そのときには決めていた。あたしは、この子と仲良くなるって。

【少女A】

帰宅すると玄関の鍵は開いていた。部屋の奥から話し声がする。お母さんと、誰か。廊下を進み、リビングの扉を開けると、ダイニングテーブルにお母さんと見たことのない男が談笑していた。歳は、二十歳前後。黒のジャケットにジーンズという、ラフだけど清潔感のある恰好をした若い男だった。オシャレな伊達っぽい丸眼鏡と無造作パーマに重めの前髪が、量産型の日本の若者という感じがした。

「おかえり、栄子ちゃん。待ってたのよ」余所行き用の笑顔で迎え入れられて困惑した。

「おかえり、栄子ちゃん」男も便乗して言ってくる。すーっと下向きに伸びた鼻のラインを見つめる。唇との間隔が狭い。

「ただいま。あの、どちらさま……」

「栄子ちゃんの家庭教師をお願いしようと思ってね、お呼びしたの」

「え？　だって、私はバイトが……」どうして、そんなに勝手なの？

「よろしく。福田《ふくだ》柊《しゅう》と言います。港区の大学に通ってます」

変な自己紹介だなと思った。口調は丁寧だけど、ちょっと自慢げな言い方が鼻につく。K大かM大のどちらかだろう。じろっと男の顔を見ながらお母さんの横に座った。

「彼ね、同じマンションに住んでるから、いろいろ都合がいいと思ってね」

「実は、俺も清鸞出身なんだ。久々に見たけど、やっぱ清鸞の女子の制服はかわいいわ。うん、栄子ちゃんよく似合ってるよ。あ、テストの傾向と対策なら俺に任せて。ちなみに、彼女募集中だから課外授業も受け付けてるよ」

福田は眼鏡を中指でひょいっと持ち上げながら、いやらしい言い方をした。母親の前でそれはないだろう。ちょっと、非常識。誠実そうなふりして女を騙《だま》しそうなタイプ。顎や鼻先はしゅっと尖っているのに、垂れ目で甘い顔つき。薄い唇からはスルスルと軽い言葉が出てくる。

「私、勉強は必要ないですよ。だって……」

「栄子ちゃんは、留学してたから日本のシステムとかよくわかってないのよ。福田先生、いろいろ教えてあげてくださいね」

「まかせてください」

「でも、お父さんにも相談してみないと」

どうにかして、この場を切り抜けようと思った。

「あの人の意見なんてどうでもいいのよ。栄子ちゃんのやる気の問題」

お母さんは、私の目をじーっと見つめながら言った。有無を言わせない強いまなざし。どうしても私にこの家庭教師をつけたいようだ。

「えっと、じゃあお願いします」

私は、しぶしぶ答えた。

「お腹すいたでしょう？　さあ、夕飯の準備しなきゃ。すぐできるから、福田先生も食べていって」

お母さんは、キッチンに立つと、戸棚から鍋を取り出した。

「あ、飲み物のおかわりもらっていいっすか？」馴れ馴れしい口調で福田が言う。

「ちょっと待ってね。はい」お母さんが冷蔵庫からアイスティーのボトルを出した。

「あざーっす」

二人は以前から知り合いだったのか、と疑いたくなるほど親しげだ。なんだか気持ち悪い。もしかしたら、お母さんは年下男性を自分の近くに置いておくことに喜びを覚えるタイプなのかもしれない。良くない妄想で余計に気分が悪くなった。

「栄子ちゃん、着替えてきなよ」

どうやら、馴れ馴れしいのはお母さんにだけじゃないらしい。

「小花柄のワンピースなんていいんじゃないかしら？」お母さんが言う。

この家は、服装すらも自由がないのか。私は、自室に戻り、クローゼットを開けた。お母さんが買ってきた洋服で埋め尽くされている。それも、女子っぽくてかわいらしいものばかり。私は、もっとラフで着心地のいいジャージ素材のものを着たいのに。

「うぁあ」大きくため息をついて、ベッドに雪崩《なだ》れ込んだ。

慣れないことだらけで疲れる。このまま眠ってしまいたかったけれど、お母さんに何か言われるのが怖くてすぐに着替えを済ませた。小さくため息をつきながら、部屋を出る。

福田は、ダイニングテーブルでくつろぎながらスマホをいじっていた。お母さんと仲良く話している。そーっと、椅子を引いて福田の斜め前に座った。気配に気づいたのか、視線がこちらに向けられた。目が合うと、ふにゃっとした笑みを寄こしてきた。どういうつもりなんだ、この男は。

視線をキッチンにやった。お母さんは、パスタを茹《ゆ》でている。何か喋ろうと思うけど話題がない。しばらく考えて口を開いたら、ちょっと舌がもつれてしまった。

「お、お、お父さんは？」

お母さんはちょうど鍋から笊《ざる》に麵をあげるところだったらしく、「出かけてるわ」と早口で答えた。

「栄子ちゃんさ、モテそうだよね。どんな人がタイプ？」

「年上で落ち着いてる人」

「ふーん」福田が舐めるような視線を向けて頷いた。

「ちなみに、俺とかどう？」

「まだ、会ったばかりなんで」

妙な沈黙が続く。

「近々、授業参観とかあるんじゃない？　すごいよ、清鸞のマダムたちは。見栄の張り合いって感じでさ」

福田がペラペラと喋り始める。いかにも、清鸞に通っていたことを自慢したい口ぶりだ。俺はなんでも知っているよと言いたいのだろう。そんな話、私にはどうでもいいことだよ、と素知らぬ顔でスルーした。スマホを見つめる。

「へえ。でも、うちはそういうの参加しない主義なのよ」

私が福田の相手をしないからか、お母さんが答えた。

「え？」思わず、声が漏れた。変なタイミングで目が合って気まずい。

「昔からああいうの嫌いなのよね。授業参観はともかく、懇親会ってママ友同士の馴れ合いって感じがして。無駄な情報交換も無駄な褒め合いも、わたしには必要のないものよ。何？　来てほしいの？」

「いえ」

即座に首を振って否定した。来てほしいなんて、ひとことも言ってないのに。なんでこんな話になったんだ？　そもそも、そんなイベントは私たち親子には関係がない。こないだの入学式の日だって、黒崎親子と駅で別れるなりお母さんは、じゃあねと言ってどこかへ消えてしまったんだから。あとはあなた一人で大丈夫でしょうという感じで、放り出されてしまった。まあ、別に私は一人でも平気だけど。

「そういうことだから。さあ、食べましょう」

お母さんが楕円形のお皿を私の前に置いた。大盛りのカルボナーラだ。それに反応するようにお腹がぐうーっと鳴る。壁の時計を見ると、すでに七時を過ぎていた。

お母さんと福田が楽しそうに話す横で、私は一人黙々とパスタを口に入れ続けた。早く自室に戻りたくて急いで食べることに集中した。味わって食べたいほど美味しいのに、それよりもこの空間にいたくなかった。


自室で微睡《まどろ》んでいると、コンコンと扉を叩く音がした。

「栄子ちゃん?」福田の声だ。まだ帰ってなかったのか。

「なんですか?」

「開けるよ」

遠慮なく入ってこられて焦った。慌てて立ち上がる。細くて背が高いんだな、と思って圧倒されていた。ちょっと猫背でO脚なところを除けば、スタイルはいい方だろう。日本人の女性は、背の高い男が好きだ。量産型のルックスに細身で高身長、おまけに高学歴ときた。

「そろそろ、始めようか」

「え? 始めるって何を?」

「授業だよ」

「今日から？」

「そうだよ」

「ちょっと待ってください。お母さんは？」

「お母さんは、買い物に出かけたよ。明日のパンがないんだってさ」

「あの人、私とあなたを二人きりにして出かけたんですか？」

一体、どういうつもりなのだろう。あの人の考えてることは、本当にわからない。

「とりあえず、始めようか」福田が近づいてくる。

「そこ、開けといてもらっていいですか？」何かされたらすぐに逃げようと思った。

「そんなに警戒しなくても大丈夫だよ」

「あなたの目的はなんですか？」

「ん？　何、その質問」

「だって、なんか怪しい」

「俺はただ、君のお母さんから家庭教師の依頼を受けただけだよ」

「わけがわからない。お母さんは、何を考えているの？　お母さんは、私をどうしたいの？　なんであなたは、お母さんと親しげなの？　何もかもが変なのよ、この家は」

うわあっと喚《わめ》くように、福田を責めた。

「落ち着いて。俺は、君の味方だよ。仲間って言った方がいいのかな」

「……」私には、味方も仲間もいない。

「今流行りのサブスクって知ってる？」

「なんですか、それ」

「サブスクリプションの略で、料金を支払うことで、一定期間サービスを受けれるっていうやつ。ネトフリやアマプラみたいな見放題とか、LINE MUSICやSpotifyみたいな音楽聴き放題とか」

「ああ、あれ」

「俺がやってるカテキョのシステムも同じなんだよね。一ヶ月何回呼んでも料金は一律。お得でしょ？」

なるほど、そういう契約システムが今流行ってるのか。

「しょっちゅう来られても私は困りますけどね。そもそも、私はカテキョなんて必要ないんです」

「いつでも呼んでくれて構わないから。例えば、帰りが遅くなって家まで帰るのが一人で不安なときとか、ボディガード的な感じでさ」

福田は、へらへらとふざけた口調で言う。

「ご心配なく。勉強なら一人でできますし、帰りが遅くなることもありません。正直に言うと、迷惑なんです」

「でも、依頼してきたのはあの人なんだよ。君に、権限はない」

「やっぱり、そこ、閉めてもらえますか」

福田がにやついたまま、扉を閉める。

「一時間で帰ってください。私は私の好きなようにこの部屋で時間を過ごします。だからあなたもそうしてください。そして、お母さんにはちゃんと勉強を教えてると伝えてもらえますか？」

「まあ、俺は金さえもらえればそれでいいんだけど」

「じゃ、問題ないですよね。あなたは何もしなくてもお金もらえるんだから、文句ないでしょう」

「いいよ、それで」福田はベッドに寝転がると、スマホをいじり始めた。

私は、例の「ノート」を机の引き出しから取り出すと、今日の出来事を書き始めた。今どき、日記はないよな、と心の中で文句を垂れながら。

一時間きっかりで部屋を出ると、リビングにお母さんがいた。

「お母さん、終わりました」

じっと睨みつける。なんで、この男を家庭教師に選んだのか。なんで、この家に入れたのか。

「ご苦労様。福田先生、うちの娘どうかしら？」

「まあ、最初なんでこんなもんかと」

「そういう意味ではなくて。うちの娘のこと、どう思うかって訊いてるのよ」

お母さんは突然、変なことを言い出す。

「かわいいと思いますよ。ちょっと生意気なところも、いいなって」

福田が上から目線で答える。

「あのう、先生。今日は、どうもありがとうございましたっ」

私は早く帰ってほしくて、追い出すように言う。

「コーヒーでもいかが？　ほら、お座りになって」

お母さんが引き留める。

「そろそろ、お父さん帰ってくる頃かな」

とにかくこの男を家から追い出したくて大袈裟《おおげさ》に言ってみた。

「そうね」

私の気持ちとは裏腹に、二人は優雅にコーヒーを啜っている。三十分ほどして、お母さんが突然手を叩いた。

「あら、もうこんな時間」

お母さんは、事細かく自分のスケジュールをアプリに設定しているらしく、通知が鳴ると次の行動に移るというロボットみたいな生活をしている。家を出る前も、必ずアプリの通知に従うという徹底ぶりだ。

「ごちそうさまでした。じゃ、また。それでは失礼します」

福田は、お母さんに笑顔で挨拶をすると、リビングを出ていく。私は、玄関まで見送るために後を追った。

「お母さんにバレないように、ちゃんとしてくださいね」念を押すように言う。

「秘密の共有か。いいね」

「そういうのじゃないですから」

「わかってるよ。他に困ったことがあったら、なんでも言って」福田は、耳元で囁《ささや》いた。変な人だ。

そこで、玄関の扉が開いた。福田と入れ替わるように新しいお父さんが帰ってきた。「あ、どうも」と二人は軽く挨拶を交わす。無表情の二人を交互に見る。どちらからも感情が読みとれなかった。

「おう。栄子ちゃん、ただいま」

新しいお父さんは、ご機嫌だ。ちょっと、お酒の匂いがした。

「今日、どこか出かけてたんですか?」

「ああ、ジムとパチンコに。三万勝ったー」

叫びながら、どすどすと下品な音を立てて廊下を歩いていく。この人は、あまり育ちが良くなさそうだ。

「あの、仕事はいつしてるんですか?」

「これも、仕事のうちだよ」

「あの人の目的って何か知ってます?」

「由布子さんは、人に羨ましがられる生活がしたいだけさ」

にやりと笑って、リビングに入って行く。

「賢人さん、パチンコに行くのは自由ですけど、近所は避けてくださいね。それから、洋服はわたしが買ってきたものを着てください。清潔感を大切に。それから、ご近所の方に会ったときは、きちんと挨拶してください。あなたの役目は良き夫、良き父親であることです」

「はいはい。わかってますよ」

新しいお父さんは私にウィンクして、叱られた気まずさを紛らわそうとした。

「あの、お母さん……」

家庭教師の件を話さないといけない。できれば、断りたい。

「何?」

「私に家庭教師は必要ありません」

「栄子ちゃん、今の生活にまだ慣れてないでしょう。彼は、あなたのサポート役として必要だと思うの。勉強だけじゃないわ、いろいろと教えてもらった方がいい」

「だとしても、あの人はちょっと……。福田さんって、何者なんですか? 妙に馴れ馴れしい感じもあまり好きじゃないですし……」

「栄子ちゃん、あなたはわたしの言う通りにしてればいいの」

お母さんは、当然というふうに答えた。

「それが望みであれば従いますけど……。今日だって、言われた通りに黒崎美湖に接触しました。これからも、私はそうやって過ごさないといけないんですか？」

勇気を出して言ってみた。いくらなんでも息苦しすぎる。

「栄子ちゃん、アレ持ってきてくれる？」

「なんですか？」

「アレよ。『ノート』持ってきなさい。早く」

低く抑揚のない声で命令してくる。私は、部屋からさっき書いた日記を持ってきて、お母さんに見せた。

「描写不足。もっと、細かく書いてくれる？　黒崎美湖の表情や仕草が全然書かれてないじゃない」

「すみません」口先だけで謝った。

「わたしは、あなたが毎日どんなふうに過ごして、誰とどんな会話をしているか知りたいの。あなたの行動は全部把握しておきたい。それが母親の役目ってものよ」

お母さんは、笑いながらとても恐ろしいことを言ってきた。

「そんなこと書かなくても、知ってるじゃないですか。だって……」私はあなたに言われた通りの毎日しか送ってないんだから。

「栄子ちゃん。文句言わずにお母さんに従った方がいい」

新しいお父さんが換気扇の下でタバコを吹かしながら言う。

ここでは、お母さんが女王様で、新しいお父さんが家来で、私は奴隷だ。

「わかりました」諦めながら肩を落として答える。親に読ませるための日記なんて変だし気持ち悪い。この家はルールが多すぎて、息がつまりそうだ。

「由布子さん、お腹すいたな」

新しいお父さんは尻尾振って餌をもらう野良犬のようだ。

【少女B】

夕飯は、いつもの冷凍食品だった。今まで以上に家事がおろそかになっているのは、やはりお花の教室が原因だ。まだ何も始まっていないけど、ママは毎日楽しそうだからそれはそれで見ていて気持ちがいい。

「ねえ、ママ。あたし、アルバイトしてみたいんだけどいいかな?」

反応がなかったので、二度訊いてみた。ママは、インスタに載せる花を撮るのに必死だ。

「ん？　バイト？　何言ってんのよ、校則違反でしょ」

「うん。でもね、みんなけっこう内緒でやってるんだよ」

「ダメよ。美湖にはいい大学にいってもらわなきゃいけないんだから。バイトなんてしてる暇はないわ」

「ほんのちょっとだけでいいの。夏休みまでとかそれくらいで。勉強はちゃんとやる。だから、お願い」

「えー。ダメよ」

「お隣の栄子に誘われたの。一人だと心細いから一緒にやろうって」

「なんで栄子ちゃんがバイトなんてするのよ」あたしと全く同じ疑問をママが投げてくる。

「お母さんに、プレゼントしたいものがあるんだって。あたしもさママに――」

次から次へと出てくる嘘に自分で呆れていた。だけど、仕方がない。うちには、十万円をポンと払えるほどの自由なお金がないのだから。そればかりか、毎日ママがお花の教室に使う備品をあれこれと買ってきてしまう。軌道に乗るまでは、お金の話はできないと悟った。

「美湖、ママはプレゼントなんていらないから。それに、あんたこないだ栄子ちゃんのこと『仲良くなれる自信ない』って言ってたじゃない」

小さな舌打ちが聞こえた。

どうやら、うまく写真が撮れずに苛立っているようだ。話すタイミングを間違えたことを今更後悔しても遅い。もう、これは後には引けない。ママが納得する何かを言わなきゃ。

「あのね、栄子ってね、去年までイギリスに留学してたから英語がペラペラなんだって。仲良くなったらさ、タダで英語教えてもらえるじゃん」

我ながら、良い口説き文句だったと思う。ママは、タダとか一点ものとか特別という言葉が大好きだ。それに加えて、ハイスペックな人間に寄生したがる傾向がある。

「ふーん。で、なんのバイトする気なの？」

ほら釣れた。

「パン屋さん。きっと、余ったパンとかもらって帰れるし、いいことずくめだと思わない？」

畳みかけるように言う。

「パン屋さんはいいわね。うん、健全だし。あ、そうだ。わたしの生徒さんにも、ティータイムのときに出そうかしら。なんだか優雅な感じでいいわ。そうしましょう」

ママは突然何かが降りてきた芸術家のように、アイディアをチラシの後ろに書きなぐった。

一安心、と思ってスマホを開くと、宅配業者の男からメッセージが来ていてげんなりした。

『いつ頃、払ってもらえます？』

『とりあえず、十万円払います』

『残りは？』

『働いて返します。だから、もう少し待ってください』

『必ず払ってくださいね。とりあえず、ここに振り込んで。△△銀行〇〇支店――』

自室に入るなり、スマホをベッドに投げつけた。ああ、なんでこんなことになったんだろう。自業自得？　そんなの認めない。たまたまだ。たまたま運が悪かっただけ。

「ねえ、パパは？」部屋から顔を出して訊ねた。

「それがまだなのよ」

よし、パパが家に帰ってくる前に交渉しなきゃ。一万でも二万でもいいから、お願いしてお小遣いをもらおう。さっそくパパに電話をかけたが、繋がらない。ベッドでゴロゴロしているとしばらくして電話がかかってきた。

「あ、パパ？　ねえ、今どこ？」

「駐車場」

「じゃ、ちょっと迎えに行くね」

「いやいいよ」

なぜか、焦った口調で電話を切りたがる。

「ちょっと、話があるんだ。ママに内緒で」

「え？　何かあったのか？」

「ううん。じゃ、ぼちぼち帰ってきて。あたし、エントランス辺りで待ってるから」

そう言うと、電話を切った。あたしは、ママにコンビニに行ってくると言って出かけた。

玄関を出ると、栄子の家から若い男性が出てくるのが見えた。スマホをいじりながらエレベーターの方へ歩いていく。営業マンという感じの服装ではなかった。細身で高身長の、二十歳前後の爽やかな雰囲気の男性だった。

エレベーターで一緒になるかも、と緊張していたら、その人は上に行くボタンを押した。お互い無言で、会釈を交わす。八重歯が印象的なかわいい笑顔を向けられ、戸惑った。どうしたらいいかわからず視線を彷徨わせた。

このマンションに住んでる人なのかな。十階建てで総戸数六十戸もあるそこそこ大きなファミリー型マンションのため、住人を全て把握できているわけではない。だけど、上に行くボタンを押したということは住人なのだろう。先に下に行くエレベーターが来てしまったので乗り込んだ。男の人とドア越しに目が合って恥ずかしかった。

エントランスを出ると、大きな袋を提げたパパが疲れた顔で微笑んだ。

「おかえり。遅かったね」

「うん。参ったよ」

「どうしたの?」

「駐車場でさ、事故っちゃって。気付いたら、目の前に人がいてさ」

パパの愛車は、キャンプのときや遠出のときにしか活躍しない。ママからは、早く売ってほしいと言われている。

「え？　大丈夫だったの？」なんだか、嫌な予感がする。

「うーん。目立った怪我とかはなかったから大丈夫だとは思うけど。一応とか言って、その場で金を要求してこられて参ったよ」

「いくら？」

「五万」

「警察は？」

「その人が呼ばなくていいって言うから、こっちも面倒なことにしたくないし、まあいいかなって。でも、やっぱ警察呼んどくべきだったな。免許証を写真で撮られたりしたからなぁ」

「えー。やばっ」

ふと、さっきの悪夢が甦る。こちらに落ち度があった場合、いくら大切な個人情報といえど勢いに押されてつい教えてしまうのは仕方がない。服従の心理ってやつだ。

「でも、まあ、お金も払ったし大丈夫だろう。これ、ママには内緒な。で、おまえの話ってのはなんだ？」

「え……」と言葉に詰まる。この状況でお小遣いをせびるのは、難しいと断念した。「あ、あたし、パン屋さんでバイトすることにしたんだ。いいよね？　お給料もらったら、パパにも何かプレゼントするね」得意の嘘でごまかした。

「バイトかぁ。まあ、勉強の息抜きになればいいんじゃないか。でも、一応ママには話した方がいいぞ」

「うん」

エントランスの掲示板を何気なく見つめると、ママの作ったセンスのない生徒募集のポスターが貼ってあった。その横には、家庭教師の貼り紙がある。こんなところの掲示板、誰が見るんだよと毒づくと、パパと一緒にエレベーターに乗り込んだ。


月曜日の憂鬱《ゆううつ》といったらない。ため息だらけで嫌になる。朝は、鏡の中の自分と格闘だ。アイプチが決まらない。何度やっても左右対称にならなくてイライラしていた。瞼《まぶた》の上には白いカスが溜まって、赤く腫れぼったい目のブサイクなあたし。栄子みたいな綺麗な平行二重に憧れる。鏡を見てまたため息。髪型だって気に入らない。流行の切りっぱなしボブにしてもらったのに、うまくセットができないからただのおかっぱヘアになってしまう。アホ毛は立つし、毛先ははねるし、アイロンを使ってもうねりはとれない。どうして、髪を洗ったらあの美容室マジックは消えてしまうのだろう。

何度やってもうまくまとまらなかったので、結局いつもみたいにちびまる子ちゃんヘアで家を出る。はあっとため息が漏れる。なんだったんだこの時間。

今日から、本格的に授業が始まる。先週は、オリエンテーションがメインで、授業というより友達作り週間だったように感じる。それなのに、あたしときたらやらかしてしまった。誰の隣をキープすれば一番安全かを見定めているうちに完全に出遅れた。あ、あの子良さそうと思ったときにはすでに仲良しグループができあがっていたのだ。仕方なく、席が後ろのちょっと地味めの女の子と親しくなった。近藤《こんどう》さんはいつもマスクをしていてぼそぼそと喋るから、話の半分は聞こえない。曖昧《あいまい》にうなずいてやり過ごしている。一人でいるよりはマシだ。

入学してすぐこの状況はきついなと憂鬱になりながら家を出ると、ちょうど栄子と一緒になった。

「おはよう」声をかけあって、エレベーターに乗り込んだ。

「いつも、この時間?」「うん」「じゃ、毎日一緒に行かない?」「いいよ」

あたしは、胸の奥がぽっと熱くなるのがわかった。栄子は、今日も清鸞の制服が似合っている。きゅっとひっつめたポニーテールもよく似合う。

「おはよう」エントランスの前を人の好さそうなおばあさんが箒《ほうき》で掃いていた。最近よく見かけるが、このマンションの人だろうか。ここは、清掃業者の人が定期的に掃除してくれるから、住人が当番制で掃除をする決まりはない。

「ご苦労様です」

栄子が声をかける。あたしは、こんなとき自然に挨拶ができない。

「いってらっしゃい」

優しい笑顔で見送られて嬉しくなった。おそらく、おばあさんは趣味で掃除をやっているのだろう。毎朝、おはようと声をかけることが自分の役目のように住人を送り出す。

駅まで徒歩十分圏内という立地はありがたい。栄子と話していたら、あっという間だ。駅のエスカレーターを上っていく。人の多さに圧倒されてしまう。栄子は、歩くのが速い。どんなに前から人がたくさん来ても、さっと華麗に避《よ》けてしまう。遅れないように、必死についていく。栄子の通う清鸞は同じ京王線で行けるが、北高よりも三駅分遠い。改札を抜けてホームに出たところで後ろから声をかけられた。

「おはよーう」パパだった。今朝、一緒に駅まで行こうと誘われたけど断ったのだ。

「もう、あっち行きなよ」あたしは、パパの背中を軽く手で押して言う。

「なんだよ。パパも交ぜてくれよ」栄子が驚いた顔で見ている。

「じゃあね、パパ。あたしたちは女性専用車両に乗るから」

「冷たいなー。じゃ、気をつけて行けよ」バイバイと手を振りながらホームを歩く。

「美湖、お父さんと仲良いんだね」

「栄子ん家《ち》も仲良しじゃないの？」

「うちは、そうでもないかな。たぶん、ふつう」栄子は、苦笑いしながら答えた。

「栄子のパパ、若くてイケメンなんでしょ。ママが言ってた。うちのパパなんて、アレだもん。ハゲで小太り」

「ううん。美湖ん家《ち》、仲良しで羨ましい」

栄子に褒められて顔がニヤけた。人に羨ましがられることがこんなに気持ちいいなんて知らなかった。電車に乗り込むと、同じ学校の子が乗っていた。胸ポケットの学年章が〝I〟だったことで一年生だとわかる。栄子とあたしをチラッと見てこそこそと話している。栄子といると、自分が清鸞生になったような錯覚に陥るから不思議だ。

電車がゆっくり走り出す。

「ねえ、バイトの面接今日行ける？」

「うん。楽しみだな、どんなパン屋さんなんだろ。でも、あたし面接大丈夫かな」

「大丈夫だよ。じゃあさ、学校が終わったら調布駅で待ち合わせしない？」

「あ、じゃあＬＩＮＥ交換しようよ」

「うん。ＱＲコード読み取って……。出てきた。美しい湖と書いてミコか。いいね、すごく雰囲気に合ってる」

あたしの顔とスマホの画面を交互に見ながら栄子は微笑んだ。

「ほんと？　名前負けしてるなって自分では思うんだけど」

「美湖みたいなタイプはね、海外ですごくモテるんだよ。目がすーっと切れ長で、黒髪が似合ってて、アジアンビューティー」

恥ずかしくて思わずうつむいた。この一重のせいで嫌な思いばかりをしてきた。性格がきつそうと言われたり、怒ってないのに怒ってる？　と訊かれたり。栄子に言われて、初めて自分が認められた気がして嬉しかった。

「あ、このアイコン」

あたしは、どこかで見たことがあるような気がして声を弾ませた。

「この赤紫のたんぽぽみたいなやつ?」

栄子の言葉にはっとした。そうだ、思い出した。

「そうそう、赤紫のたんぽぽだ。これ、栄子のパパの絵だよね。うちに、この絵あるもん。引っ越しの挨拶でもらったってママが言ってた」

「そうなんだ」栄子は、きょとんとしている。

「この花、なんていう名前?」

「私、花に詳しくないんだ」

「あたしも。でもさ、すごいよね。画家ってかっこいいよね」

「べつに、かっこよくはないよ」栄子は、吐き捨てるように答えた。


学校の敷地内に入ると気が滅入る。これといって特徴のない校舎に質素な制服。

教室の中では置物と化したあたしがいる。近藤さんは読書が趣味で、いつも文庫本を読んでいる。自分で本のカバーを作るのが好きなんだ、と話してくれた。GUの紙袋を再利用して作ったカバーが最近のお気に入りらしい。悪いけど、近藤さんとは趣味も会話もいまいち合わない。楽しいと思えるポイントがまるで違うのだ。仕方がないから一緒にいるだけ。それを悟られないようにするのはけっこうしんどい。

あたしは、休み時間をうまく過ごす方法がわからない。読書は好きじゃないから、ただスマホをいじって過ごす。周りの声が気になって、スマホの内容はほとんど頭に入ってこない。見ているふり。想像していた高校生活はもっとキラキラしているものだったのに、なんでこんなことになっちゃったんだろう。

一日が長い。昼休みは地獄だ。栄子にＬＩＮＥを送ると速攻返ってきたので嬉しかった。お弁当の写真も送られてきた。かなり凝ったおかずがセンス良く詰められていた。きっと、清鸞の女子グループと仲良く食べているんだろうなと想像しながら、あたしも食べた。コンビニで買ったメロンパンとコーラが今日のランチだ。はっきり言ってこの二つの相性は良くない。だけど節約しないといけないからしかたがない。炭酸でお腹を膨らませていく。うちは、ママがお弁当を作ってくれないので、毎日ワンコインを持たされる。メロンパンとコーラで約三百円。もちろん残りの二百円は貯金だ。早く、お金を返さないと。

ホームルームの前に連絡帳が配られた。そこに、明日の時間割を書いたり、一日の出来事を書き綴る。担任との交換日記みたいな感じで書く子もいるけど、あたしには書くことが何もない。ホームルームが終わるとダッシュで教室を出た。

調布駅の改札を出ると栄子が待っていた。

【少女A】

美湖と一緒に、北口のメインストリートの裏にある商店街へ歩いていく。

金融会社やヨガ教室が入った雑居ビルに足を踏み入れると、美湖が私の腕をぎゅっと握った。ベタベタされるのはあまり好きじゃない。

「ねぇ、ここ何?」

「あ、ごめん。パン屋さんは嘘なんだ」

「どゆこと?」不安そうな表情で私を見上げる。

「美湖さ、まとまったお金が欲しいんだよね? ここだったら、手っ取り早く稼げるよ」

「やだ。あたし、帰る」

「待って。とりあえず、話だけ聞いてみて。嫌だったら、すぐやめていいから」

私は、美湖の手を握り、階段で二階へ上がって行く。

「何、ここ」不安そうに美湖が訊いてくる。気持ちはわかるよ。私だって、最初にここへ来たときはそう思ったから。

外観ほど汚くはない。部屋の中は、女の子がいっぱいいて、かわいく装飾されてポップな音楽が流れている。

「デートクラブってわかる？　おじさんとおしゃべりしてお小遣いもらうやつ」

「パパ活ってこと？」

「そんな大げさなやつじゃないから」

笑顔で美湖を引っ張って行く。玄関で靴を脱ぎ、部屋の中に入って行く。ムスクの強い匂いが脳を刺激した。お香を焚《た》いて無理やりいろんな匂いを消しているのだ。

三人ほどの女の子がソファでくつろいでいた。ゲーム機の前で真剣になっている子もいる。電話している子もいれば、漫画を読んでいる子もいる。ここは、ＪＫサークルといって、パパ活女子のたまり場となっている。お店のホームページを見ると、全員十代なんていういかがわしい写真が出てくるけど、女の子の年齢はバラバラだ。現役の女子高生じゃなくても制服さえ着ていればＯＫという緩いルールで成り立っている。秋葉原や新宿や新大久保にも似たようなお店がけっこうあるけど、ここはあまり知られていない。穴場だ、と客は言う。

「ねえ、やっぱり帰る」

「待ってよ、美湖。べつに、何もしなくていいんだよ。ここはね、みんなのたまり場なんだ。自由に使っていいんだよ」

確かに何もしなくていい。お金がほしいなら、稼ぐ方法を知ればいいだけ。

「栄子は、なんのためにこんなことしてるの？」

お母さんは、なんでこの子と仲良くしろと言ってきたのだろう。ねっとりとしていて、しつこくて、距離感が近いところが好きじゃない。フランクなのとはちょっと違う。

「楽しいからだよ。友達もたくさんできるし。見て、あそこからお客さんがこの部屋のぞいてるの。それでね、ここで自由にしてるだけで私たちはお金がもらえる仕組みなの。まあ、もっと稼ぎたかったらいろいろあるんだけど、とりあえず今日はゆっくりしていきなよ」

私は、マジックミラーになっている窓を指して説明する。

「本当に何もしなくていいの？」

「うん。なんか、飲む？」

ネカフェと同じタイプのドリンクバーがある。お菓子も適当に食べていいし、もちろん持ち込みもＯＫだ。一時期流行ったＪＫリフレは、今も名前や形を変えてひっそりと存在している。ここには、自分の下着や排出物を売ってお金にしている子もいるし、率先してデートをして高額なお小遣いをもらっている子もいる。部屋の向こうにいるおじさんたちがいくら払ってこの部屋をのぞいているかは知らない。だけど、需要と供給でこの産業は成り立っているから永遠になくなることはないだろう。

美湖と一緒に、二時間ほどそこで過ごした。あまり警戒されないように、努めて明るく振舞った。ここでは、苦手な笑顔だって作らなきゃいけない。入れ替わり立ち替わり女の子が話しかけてくる。それを適当に躱《かわ》したり、ちょっと話し込んだりして、このサークルが楽しいものだと美湖に思わせる。今日はこれくらいでいいだろうと、ソファから立ち上がった。

「エーコ、もう帰るの？」

常連組が話しかけてくる。私の名前が〝栄えるに子〟だなんて、ここでは誰も知らないし興味がない。

「うん。またねー」

「ミコりんもまたねー」

コミュ力おばけの女子最強。

「あ、バイバイ」

美湖がぎこちない笑顔で部屋を出ていく。フロントのお兄さんは、たぶん大学生のアルバイトだろう。いつも覇気がない。

「あの、この子私の連れで今日初めてなんです――」

美湖に聞かれないように、こそこそと交渉する。慣れた感じで封筒を二枚受け取った。美湖と手をつないでビルを出ていく。

「これ、美湖の分ね。今日のバイト代」

「へ？　あたし、何もしてないよ」

「うん。言ったじゃん。何もしないでお金もらえるって。いいから、開けてみな」

「え？　マジ？　五千円も入ってるよ」美湖は、茶封筒を開けて目を丸くしている。

「ふふふ。今日は最初だから、色つけてもらったんだ。ちょろいでしょ。私たちが本気だしたらもっと稼げんだよ」

「ねえ、これだとさ、十万とかすぐ貯まっちゃうね」

「十万くらいならね」

私は、イギリスに戻るためのお金がほしい。いずれは、永住権を取って住もうと考えている。そのためには少なくとも三桁は稼がなくちゃ。

「ねえ、このこと、栄子のママは知ってるの？」

「知ってるわけないじゃん。学校の友達だって誰も知らないよ。美湖は特別だからね。私と美湖だけの秘密」

「そっか。そうだよね。なんか、栄子と話してたら気持ちが楽になってきた。十万なんて大したことないよね」

電車に乗ってすぐ、耳にイヤホンを突っ込んだ。片方を美湖の耳に突っ込むと、ミュージックアプリを開いた。

「美湖、この曲知ってる？　最近、ずっと聴いてるんだ」

それは、かなり昔に流行った曲らしい。ノスタルジックで切ないメロディが耳に心地いい。思春期を迎えた女の子が秘密を抱えて葛藤する歌詞が今の自分と重なった。最初のフレーズなんて、母親とのぎこちないやりとりを代弁してくれている気がした。

「聴いたことあるようなないような。なんていう曲？」

「『フレンズ』っていうの。これは絢香のカバーだけど、元々はREBECCA《レベッカ》っていうバンドの曲なんだ」

「なんか、かっこいい。あたしも好きかも」

美湖がへへっと笑う。

「美湖、今からうちでご飯食べてかない？」

「えっ、いいの？」

「私も美湖がいてくれた方が嬉しいから」

本心だった。あの人と顔を突き合わせて食べるのは息苦しい。

それから、『フレンズ』を何度もリピートして聴き続けた。

【少女B】

「おかえり。バイトの面接どうだった？」

「うん。大丈夫だったよ。採用」

ママと目を合わせられなかった。

さっき、栄子に聴かされた曲の歌詞と自分のついた嘘の後ろめたさがリンクした。

「良かったじゃない。今度、パン持って帰ってきてね」

「うん……。あ、今から栄子の家に遊びに行くんだけど、なんか持ってくものあるかな」

「おみやげってこと？」

「うん。だって夕飯ごちそうになるんだもん」

「え？　いいな美湖だけ。うーん、だったら、これ持っていったら？」

ママは、お気に入りの手作りハーバリウムをつかんだ。ハーバリウムというのは植物標本という意味で、ガラスの小瓶やボトルに生花やドライフラワーを入れ、専用の保存オイルに浸して作られる。インテリアとして飾るのが最近の流行だ。

「やだこれ地味。なんか、いい感じのお菓子とかない？」不満げにママを睨む。

「そんな急に言われてもねー。これでいいじゃない」

「じゃ、この水色のやつにしよ。涼しげな感じでかわいいし」

「それ？　まあ、いいわ。ちゃんとご挨拶するのよ。いってらっしゃい」

あたしは、ラフな服に着替えると、ハーバリウムを持って栄子の家を訪ねた。インターホンを鳴らすと、栄子が出てきた。ポニーテールを下ろしてサラサラストレートヘアにしている。あたしも、髪を伸ばそうかな。

「あ、美湖。いらっしゃい」

玄関に入った瞬間、優雅な雰囲気に圧倒された。うちと同じシューズボックスなのにまるで違うオシャレなディスプレイが施され、バラ柄の玄関マットの上にはシルク素材のスリッパが用意されていた。うちには、客用のスリッパなんてないけど。

玄関で靴を脱ぐと、左手の方にＡ４サイズくらいの絵が飾られていた。赤い花と濃緑色のハート形の葉が目に鮮やかだった。

「これも栄子のパパが描いたの？」

「うん」

栄子は小さく呟いて、廊下を誘導するように歩いていく。廊下の左にトイレとお風呂の扉がある。うちと真逆の配置だった。

「こんにちは」キッチンで栄子ママが涼しい笑みを浮かべる。すーっと背中に寒気が走ったのは、この部屋が寒いからだろう。ベランダの窓が全開だった。ずいぶん春めいた陽気になったとはいえ、陽が落ちると少し肌寒い。

「こんにちは。急にお邪魔してすみません」

「いいのよ。いつでも、遊びにいらして」

栄子ママは、髪をきっちり結い上げていて、エプロンまでしていた。いいお母さんって感じがした。うちのママは、エプロンなんて持っていないし。

「そこのソファに座って」

栄子が促す。あたしは、部屋をぐるりと見回しながら座った。生活感のまるでない部屋。いきなり訪問したとは思えないくらい片付いていた。うちは、パパのキャンプ雑誌とママの作業用の道具や植物が散乱しているのに。

「なんか、同じマンションとは思えないね。広く感じる」

「そう?」栄子は素っ気なく答える。

栄子ママがあたしたちの前に紅茶を出してくれた。なんだか緊張して落ち着かない。ちょびちょび紅茶を啜っていると、玄関の開く音がした。どすどすと力強い足音が響く。リビングの扉が開いた。

「ただいま。あれ? お客さん?」不精髭の男性があたしを見て言う。

「おかえりなさい。あ、お隣の子」栄子がたどたどしい説明をする。

「栄子の父です。よろしくね」くしゃっと微笑んだ顔が人懐こくて、感じのいい人だ。でも、うちのパパとはまるで違うタイプ。首回りがよれよれのTシャツに革ジャンというスタイルが、ちょっとロックミュージシャンっぽい雰囲気がした。お母さんは、有名俳優に似てるって言ってたけど、どうだろう。浅黒い肌に、寝ぐせっぽい髪型と不精髭がそう思わせたのかもしれない。でも、芸術家ってこういう感じと言われればそんな気もしてくる。自由な感じがちょっとかっこよかった。

「こちらこそ、よろしくお願いします」

この人が授業参観に来る姿を想像して、笑いそうになった。

「あ、こないだ、栄子の家から若い男の人が出てきたんだけど、誰?」

突然思い出して訊いてみた。

「え？」

「彼はね、栄子の家庭教師なの。このマンションに住んでる方でね、K大生なのよ」栄子ママが答えた。

「そうなんだ」

「あ、うん」なぜか、栄子の顔が引きつっていた。

「へー。カテキョか。すごいね」

あたしが言うと、栄子は眉をひそめて苦い顔をした。

「あ、これうちのママからです。こないだ、素敵な絵をいただいたので」

ハーバリウムを栄子のママに渡したそのとき、滑ってカーペットの上に落ちてしまった。

「あらっ、どうしましょう」

栄子のママがそれを拾いあげる。

「すみません」謝ったものの、果たして自分のせいだろうかと疑問が過《よぎ》る。

「大丈夫。ちょっとヒビが入っちゃったけど、ありがとう」

ヒビなんて見えなかったけど。

「綺麗ね、この勿忘草《わすれなぐさ》」栄子ママがあたしの目をじーっと見つめながら言った。

「え？」

「これ、勿忘草っていうのよ」

「そうなんですか。かわいいなと思って選んだんですけど」

「美湖ちゃんが選んでくれたの？」

「はい」

「勿忘草の花言葉は、〝真実の友情〟とか〝私を忘れないで〟って意味があるの。知ってた？」

「い、いえ。適当にっていうか、かわいいから選んだだけです」

「あのね、うちのお母さん、花に詳しいの」

栄子が慌てて言い添えた。

「お花に詳しいんですか？　うちのママもお花が好きなんです」

「聞いてるわ。お花の教室をこれからされるのよね」

「はい」

「あ、今度の週末、お母さんとうちにいらっしゃいよ。教室の相談に乗ってほしいって頼まれててね。わたしも、独立して今の仕事を始めたの。だから、美湖ちゃんのママのこと応援したいなって思ってるの」

いつになくママがやる気を見せていたのは、そのせいだったのか。最近、ママはあたしのことに干渉しなくなった。自分のために時間を使うようになったからだ。

「あの、引っ越しのときにもらった絵なんですけど、あの赤紫のたんぽぽみたいな花はなんていう名前なんですか？」

「あら、お母さんに訊ねなかったの？」

「はい」そもそも、花にも絵にも興味がない。

「あれはね、アザミ」

「アザミ？　へえ。花言葉はなんなんですか？」

興味はないけど、とりあえず訊いてみた。

「〝独立〟」

「わぁ、ママにぴったりだ」

「でしょ」栄子ママは、満面の笑みで頷いた。

「あ、美湖ちゃん、ママもお呼びしたら？　夕飯の準備、もう始めちゃったかしら」

そんなわけないじゃん、と心の中で答える。

「たぶん、まだだと思います。うち、夕飯の時間遅いんです。パパの帰宅に合わせて食べるから」

咄嗟に嘘をついた。ママに電話をしたら、「夕飯代が浮く、ラッキー」と上機嫌な答えが返ってきた。その声が栄子たちに聞こえていたんじゃないかと焦ってすぐに電話を切った。

ママは、五分もしないでやってくるなり、スケッチブックをダイニングテーブルの上に広げた。

「由布子さん、これ見てくれる？　看板のイメージなんだけど」

「今からご飯だから、またにしましょう」栄子ママが優雅な笑みで断った。

「あらま、やだ。ごめんなさい」なんだか急にママが田舎のおばさんに見えてしまう。

「もう、ママったら。すぐ、周りが見えなくなるんだから」

「だって、由布子さんはね、Ｗｅｂデザイナーのお仕事で成功されてる方なの。だから、いろいろとオシャレなのよ。このお部屋だってそうでしょう。それに、ＳＮＳ関連のこともすごく詳しくてね、ほんと勉強になるんだから。ごめんなさいね、いろいろ相談に乗ってもらっちゃって」

「いいのよ。わたしでお役に立てることがあればなんでも訊いて」

「ほんと、助かるわ。由布子さんみたいな人、初めて。憧れちゃう」

　ママがこんなに他人を褒めることはない。そもそも、ママは自分が一番じゃないと嫌なタイプだ。昔からそうだった。積極的にＰＴＡの仕事に参加し、自分の思い通りに周りを動かすことで日々の鬱憤《うっぷん》を晴らしてきた。子供会の会長や育成会の役員など、様々な役を引き受けていた。

　栄子ママを見ていて気付いた。うちのママには、センスってものが足りないんだ。化粧にしても洋服にしても立ち居振る舞いにしても、どこか貧乏くさい。栄子ママは、決して派手な服装ではないのに上品で若々しく見える。うちのママは、頑張ってる感とか必死感が滲み出てしまっている。

きっとそれは、ママがなんちゃってセレブ妻だから。このマンションだって、うちの家計では不釣り合いなのに無理してローンで買ったりなんかして。無理に無理を重ねてギリギリでやっていることを、周りには悟られないように必死で生きている。その必死さが滲み出てしまわないか、あたしはときどき不安になる。

実家があまり裕福な家庭ではなかったママは、絶対に金持ちと結婚しようと頑張った。高いお金を払って結婚相談所に入会し、ルックスのいい人は諦めて、とにかく優しくて年収が高い男を狙った。そこで捕まったのがパパだったと、親戚の人がこそこそ話しているのを聞いた。ママは世間知らずの田舎者だったせいで、パパの年収が都会では全く通用しない、中の下クラスであることを結婚後に知った。そのことを、おばさんたちはバカにして笑う。田舎で育ち、田舎に嫁ぎ、田舎しか知らない人たちはママのことを悪く言う。あたしは、ママみたいにはなりたくないけど、おばさんたちみたいにはもっとなりたくない。できれば、栄子のママみたいになりたい。勝ち組の女って感じがかっこいい。

「じゃ、ご飯にしましょう」

栄子宅の食事は、何かのパーティーかと思うほど豪華だった。筍《たけのこ》ご飯に天ぷらの盛り合わせ、鯛のお吸い物、それにデザートのババロアまで、完璧な盛り付けと味付けだった。うちのママには一生かかっても作れないご馳走だ。

【少女A】

　美湖は、私の紹介したＪＫサークルが気に入ったらしく、自ら「今日も行こうよ」と誘ってきた。過激なサービスはまだ早いと判断し、あの場に馴染むことだけに専念させた。誰でも最初は戸惑う。ここは、安全な場所だと信じ込ませないといけない。といっても、美湖は私の魂胆にはまだ何も気づいていない。私のというよりお母さんのという方が正しいか。あのバイトを美湖に勧めるように指示をしてきたのはお母さんだ。何をしようと企んでいるのか、それは私にも教えてくれないから厄介だ。

　私がＪＫサークルを見つけて頻繁に通うようになったのは、イギリスから帰国してしばらくしてからのことだった。理由は簡単だ。お金が欲しかったのだ。

　お母さんは、私を見つけるなり強引に外に連れ出した。あのマジックミラー越しに私を見つけたらしい。

「あなたは、わたしの娘として生きていく覚悟をもちなさい」

　そんな臭いセリフを吐いていたっけ。

　黒崎美湖も誘うよう指示されたときは驚いた。まるで不幸は道連れとでも言わんばかりに、お母さんは高らかに笑っていた。お母さんと黒崎一家の関係性がどんなものかは知らない。少なくとも、向こうは何も気づいていない。

美湖は、ＪＫサークルの中で知り合った女の子たちとあっという間に仲良くなった。バカ正直に自分の本名や学校名などの個人情報をペラペラ喋っていたけど、ここではそんな浅はかなことをする子は一人もいない。美湖は世間知らずの女の子だったせいで、ここでの暗黙のルールを知らずに過ごしている。バカだなとは思いつつもそれがお母さんの指示だから私は黙って見ていた。


土曜日、福田は早朝からやってきた。お母さんの作った朝ご飯を美味しそうに食べると、ソファにどかっと寝転んだ。新しいお父さんはまだ寝ている。この状況をどうにかしてほしいのに全く役に立たない。

福田は、ほぼ毎日のようにやってくる。まるで我が家のようにうちでくつろぎ、私のベッドに寝転がって一時間暇を潰す。その間、私は例のノートを書いたり本を読んだりして過ごしている。それが終わると、夕飯を食べ、お茶を飲み、お母さんとの談笑タイムが始まる。そして、新しいお父さんが帰宅すると、入れ替わるように出ていくというルーティーン。しかし、今日は違う。

「あなたたち、天気いいんだから出かけて来なさいよ」

お母さんが、掃除機の音をぶんぶん鳴らしながら言ってきた。

「そうだね。たまには課外授業でもしようか」

福田が私の手をつかんで玄関まで引っ張って行く。私は駄々っ子のようにやだやだと拒んでみたけど、力で負けてしまった。

一定の距離を保って福田の後ろをついていく。とくに話をするわけでもないから、これじゃただの散歩だ。行くところもないので、駅ビルの中にあるちょっとオシャレなカフェでお茶をしようということになった。女性店員に案内されて窓際の席に座った。向かい合って椅子に座ると、何度も目が合って変に緊張した。

所在なげにメニューを開くと、かわいくデコレーションされたスイーツがいっぱい載っていた。私の好きな苺のタルトが美味しそうだ。

「とりあえず、注文しよう。そうだな、このケーキセットにしよう。君は？」

「じゃ、私もそれで」

「なんかさ、これデートっぽくない？」

「いや、違うと思います」きっぱりと否定した。

「栄子ちゃん、なんか俺を避けてるよね。嫌われるようなことしたかな？」

「べつに。なんか、あんまり人のこと信用できないタイプなんです。信用するまでに時間がかかるっていうか、どうせ自分以外は他人なわけじゃないですか。いくら親でも、裏切ることだってあるわけだし」

「なんか、過去にあったの？」

「いや、ごめんなさい。今言ったこと忘れてください」

つい自分の本音を福田に話してしまったことを、後悔した。

「そういう考え方、俺は否定しないよ。誰だって、裏切られるのは嫌だからね。でもね、家族は信用できる。絶対的な味方だって、俺は思ってる」

福田はいつになく力強い口調で言う。家族を大事にしているなんて意外だなと思った。

「私、お母さんと仲良くできるか自信なくて」

「いいんじゃない。無理に仲良くしなくても」

福田は、どこまでうちの状況を知っているのだろう。前のお父さんや新しいお父さんのことも、お母さんから聞いているのだろうか。

妙な沈黙が続いてどこを見ていいかわからず、窓の外に視線をやった。たくさんの人が歩いているなあとぼんやり見つめる。

「やっと来た」

福田の声に顔を向けると、苺の載ったタルトが運ばれてきた。

「あんまっ」福田が一口食べて顔を顰めた。私も一口食べる。驚くような甘さではない。ふつうに美味しい苺タルトだ。

「もしかして、甘いもの苦手ですか？」

「得意ではないかな」

「じゃ、なんで頼んだんですか」

「栄子ちゃんが食べたそうだったから」

「え？　私が？」

「うん。だって、もし俺がコーヒーだけ頼んだら栄子ちゃんも飲み物だけにしただろ？　それじゃかわいそうだなと思って、俺も頼むことにした」

「変な人」私は、鼻で笑いながら答えた。

福田はそれからも、一口ごとに「あんまっ」と言いながらタルトを口へ運んだ。

ロイヤルミルクティーを飲みながら、福田の顔をゆっくり見た。目が合って、変な空気が漂う。頑なに拒絶していた気持ちは薄らいだけど、この人が信用できる人かどうかはまだわからなかった。

帰ろうかと福田に促され、店を出た。スマホで時間を確認すると十一時半を過ぎていた。思いのほか長居してしまったことに、驚いた。歩き出してすぐに気付く。この男と同じマンションだったことに。私たちは、どういう風に映っているだろうか。兄妹？　恋人？　家庭教師と生徒だなんて周りにはわからないはずだ。人と人との関係性なんて、見る人によって全然違ってくるだろうなと思った。

福田は私の家までついてくると、玄関の前でにやりと笑った。

「あ、もしかして俺にこのまま帰ってほしかった？」

「べつに、どっちでもいいですよ」

家の中に入ると、楽しそうな声が聞こえた。もう美湖親子が来ているのだろう。

「栄子ちゃんさ、俺と付き合わない？」

唐突な申し入れに困惑した。

「はあ？　冗談ですよね？」

「いや、本気だよ。君は、とても魅力的だ」

「そんなこと急に言われても困ります」

「心配しなくても大丈夫だよ。俺は君が嫌がるようなことはしないから」

まるで、ＪＫサークルにやってくる客のような言い方をした。

「一旦保留で。お母さんに、相談してみないと」

私が答えると、福田はふんっと鼻で笑って、慣れた手つきでリビングのドアを開けた。

「お母さん、ただいま」

福田が無邪気な声を上げる。美湖が目を丸くして私を見てきた。誰だって驚くだろう。この男の馴れ馴れしさには。

「こんにちは」福田が挨拶をする。余所行きの顔がうまい。まるでお母さんと同じ人種だな、と思った。

「あらまっ、この方が家庭教師？」

頭から爪先まで舐めるように見る。どうやら、おばさんのクセらしい。

「お隣の黒崎さんです。美湖ちゃんと、そのお母さん」

「えー。親子？　姉妹かと思った」

福田がお笑い芸人のような大袈裟なリアクションで美湖たちをヨイショする。

「美湖のお母さん若いもんね」私もそれに乗っかってみた。社交辞令というやつだ。

「良かったね、ママ」「やだー。照れちゃう」

二人のテンションが上がっているのを、私は内心冷ややかな目で見ていた。福田の方に視線をやると、口元だけ笑っていて目は完全に死んでいた。

この母娘は気付いていない。「お若く見えますね」が本当はディスられているということに。ふつうに「お綺麗ですね」と言われた方が断然いいのに、自分が若く見られていることに価値を見出そうとするから、ただのお世辞を真に受けてしまう。まあ、いいんだけど。単純な方がこちらとしては扱いやすい。

お母さんがスマホを見て、その後で福田の方を見た。二人は、小さく微笑み合う。

「じゃ、僕は失礼します」福田が出て行こうとしたので玄関まで追いかけた。

「もう、帰るんですか？」

「何、いてほしいの？」

「そういうわけじゃなくて。さっき、お母さんとアイコンタクトみたいなのとってましたよね？　あれは、帰れという合図だったんですか？」

「なんのこと？」とぼけたように首を傾げる。

福田は、笑顔で出ていった。間違いない。お母さんは、福田に指示を出している。

そこへ、新しいお父さんが入れ替わりで入ってきた。このシチュエーション何度目だろう。

「出かけてたんですか？」

「パチンコで負けちゃった。あー暑い暑い」

いつものように、どすどすと廊下を歩いていく。「お客さん来てるんで」と囁いて背中を押した。新しいお父さんへのスイッチはこれでいい。

「こんにちは。お邪魔してます」

おばさんが立ち上がって挨拶をする。

「ごゆっくり」

新しいお父さんは、笑顔で風呂場の方に向かっていく。

「由布子さん。こんな感じはどうかしら？」

おばさんは、さっきから何やらお母さんにアドバイスを受けている。スマホを見たりノートに書き出したり、忙しそうだ。ここ最近、二人の仲が急速に縮まった。おばさんが一方的にお母さんを慕っている感じ。それなのに、うちでランチをご馳走するという関係性がいまいち理解できない。いろいろアドバイスを受けているんだからご馳走するのは向こうだろ、と私は思う。

「ちょっと文章が硬いわね。もっと、親しみやすそうなキャッチコピーがいいと思うわ」

「そうよね。あ、さっき投稿した写真にたくさん〝いいね〟がついてる。信じられない。すごい。由布子さんの言ったとおりにしたらこんなに早く反応があったわ」

「良かった、喜んでもらえて」

本心じゃないくせに、と心の中で毒づきながら二人の様子を観察する。お母さんの目的がやっぱりわからない。幸せそうな家族に嫉妬しているのか、それを壊そうとしているのか。はたまた、黒崎家じゃないといけない理由ってのが何かあるのか。でも、もし何かあるのだとしたら、美湖なりおばさんなりが気付くだろう。どう見ても、以前からの知り合いというふうには見えない。

「今日はね、ビーフストロガノフにしてみたの。オーブンでロールパンも焼いちゃった」

「栄子のママって、本当にお料理上手だよね。羨ましいな」

美湖がぼそっと呟いた。

「由布子さんって器用よね。お料理は、どこで勉強されたの?」

「全部独学よ。わたしの原動力は娘なの。娘が好きなものを必死で作ってただけ。愛情持って作ればなんだって美味しくなるのよ」

恐ろしいほどの柔和な笑みで私を見てくる。決して瞳の奥は笑っていないくせに、こっちを見ないでよ。娘、娘って、私はビーフストロガノフが好きだなんて言ったことは一度もない。

「いいな、栄子のママ」

美湖は遠慮がちに呟いた。それに、おばさんが敏感に反応する。一瞬、眉間にぐっと皺が寄った。それに気付いた美湖がはっと口を押さえた。私は気付いていないふりをしてスマホをいじった。そんな中、思わぬ形で妙な沈黙を救ってくれたのは、新しいお父さんだった。

「あー、さっぱりしたー」

タイミングだけは良かったが、その恰好はなんだ。

上半身裸で脱衣所から出てきた。なんでこんなにデリカシーがないんだろう。

「賢人さん、ちゃんとお洋服着てくださる？　紗香《さやか》さんがびっくりしてらっしゃるわ。ほら、美湖ちゃんも」

お母さんは、あまり驚いていないのか、冷静に注意した。

「いえいえ。わたしたちがお休みの日にお邪魔してるのが悪いんだから気にしないで」

おばさんは、頬を赤らめながら言った。チラチラと、新しいお父さんの裸を見ている。四十過ぎのおばさんには、ちょっと刺激が強すぎるんじゃないかなと思った。

新しいお父さんの体は、肌質も良く、ほどよい筋肉がついている。腹筋もまあまあ綺麗に割れていて、濡れた髪も相まっていつも以上に色気が増して見えた。

お母さんは、そんなおばさんを見てうっすら笑みを浮かべている。それは、何を意味するのだろう？　自分の夫を自慢し優越感に浸っているのか、それともただ単にこの状況を楽しんでいるのか。よくわからないけど、変なシチュエーションだ。

かなりカオスな状況ではあったけど、なんとかランチを終え、三時過ぎに美湖たちは帰って行った。

お母さんは、めんどくさそうに全員分の食器を洗っている。イギリスのマミーが言っていた。「料理は好きだけど片づけは苦手なの」と。だからいつも、ダディが食器を洗っていた。鼻歌交じりにとても楽しそうに。理想的な夫婦だった。

「あ、栄子ちゃん、わたしの許可なく他人をこの家に入れることはやめてね」

「え？」あの楽しそうな表情はなんだったんだ？

「誰だって急に他人がやってくるのは嫌でしょ」

「二人を呼んだのはお母さんですよ」

「今日の話をしてるんじゃないわ。あなた、こないだ勝手に美湖ちゃんを夕飯に誘ったでしょう」

「それは、だって……」この家が息苦しいからなんて言えない。

「そういうことだから。とにかく、勝手な行動は慎んでね」

「あの、どうしていつも隣のおばさんをここに呼んでるんですか？　お母さんが仕事のアドバイスをしたり、ランチを振る舞ったり。ママ友同士の馴れ合いは好きじゃないって前に言ってましたよね？　それなのにどうして？」

直球で訊いてみた。

「あなたは賢い子よ。余計なことは考えない、訊かない。これがこの家でのルール」

そう言うとエプロンを剝ぎ取り、ソファにどかっと腰を下ろした。

「あの、一つご相談が……。福田さんのことなんですけど」

「彼が何か？」

「交際を申し込まれました」

「それは、いいことだわ」

「でも、私はそういうのは……」

「いいから、とりあえず彼とお付き合いなさい。話はそれからよ」

相談しようとしたのに、逆に命令されてしまい、言い返す言葉が浮かばなかった。

お風呂から上がってリビングに行くと、お母さんがアルバムを見返していた。お母さんの癒《いや》しタイムはいつもこれだ。幸せだった頃の記憶がつまったそれを大事に大事に見つめている。背後に私がいることに気付いていない。そっと、アルバムを覗いてみる。若かりし頃のお母さんが幸せそうに笑っていた。化粧っ気がなくて、今よりもぽっちゃりしていてかわいかった。

私がイギリスへ行っているときに、この人に何かが起こったことは間違いない。

「何、いたの？」お母さんが、私に気付いてアルバムを閉じた。

「ごめんなさい。あの、今日の分書きました」

「じゃ、そこに置いておいて。明日の朝渡すから」

キッチンカウンターの上にノートを置くと、自室へ向かった。

ベッドに入ってからもずっと考えていた。どうすれば、お母さんの目的がわかるだろう。直球で訊いても教えてもらえないなら、自力で調べるしかない。

能ある鷹は爪を隠す、小さい頃にお父さんに言われた言葉だ。要領よく生きろ、お金の使い方と稼ぎ方は考えろ、自分の正義を曲げるな。お父さんは、私にたくさんの助言を与えてくれた。でも、あの人はもういない。

第二章　『あの子に譲ってあげなさい』

【少女B】

五月。ママは最近、とても生き生きしている。鼻歌なんか歌って上機嫌だ。毎夜、遅くまで作業をしている。栄子ママから、お花の教室を始めるにあたっていろんなアドバイスを受けて、明確なビジョンが見えてきたのだという。チラシのデザインから、インスタの投稿写真の撮り方や色みまで細かく指示されたらしい。統一感が大事だとか、ラグジュアリーな雰囲気がどうとか、なんだかよくわからないことをノートに綴っていた。ママは、のめり込みやすいところがある。お花を始めたのだって、憧れの女優がフラワーアーティストに転身して成功したという雑誌の記事を見たのがきっかけだった。その元女優の切り抜きをファイリングして、何から何までお手本にした。髪型や服装、ネイルや仕草、そして生き方まで真似するようになったのだ。『しなやかだけど、芯のある女性に』という言葉を口癖のように言っている時期があった。まるで、一種の宗教のよう。

あたしは、きっと、そのママの血を綺麗に受け継いでいる。それを自覚しながら鏡の向こうの自分と格闘していた。栄子のように、色素薄い系女子になりたくて茶色のカラコンをドン・

キホーテで買ってきた。雑誌やインスタで見る女の子たちは、当たり前のようにつけているけど、不器用なあたしにはかなり難しい作業だ。もうかれこれ三十分以上、目ん玉をいじっている。ようやく両目に装着したときには、白目が真っ赤に充血していた。

スマホを開くと、宅配業者の男からのメッセージがたくさん来ていた。お金の催促だ。毎日これがあたしを苦しませる。ため息をつきながら玄関を出て廊下を歩いていく。

エレベーターに乗ろうとしたら、栄子の家庭教師の男がいた。一瞬目が合ったけれど、すぐに下を向いた。先にあたしが乗り、彼が後から乗った。扉が閉まると、気まずさが増す。ゆっくりと下りていく。

扉が開くと「どうぞ」と笑顔で促され、先に降りた。それだけで、いい人なんだろうなと思ってしまう。

「こないだ、会ったよね。栄子ちゃんのお友達だよね？」

「はい」声をかけられて振り向いた。

「確か、美湖ちゃんだったよね？」

「はい」

「大丈夫？　なんかあった？」

「え？」何を心配されているかわからず、彼を見上げた。よく見ると、かなり背が高くて驚いた。ちょっとエラが張っているけど、見ようによっては綺麗な顎ラインだ。

「目が真っ赤だから」顔が近付いてきて、ドキッとした。

「あ、これは、その……。大丈夫です」

「そっか。なら、いいけど。なんか、悩みごととかあったら聞くよ」

「……」なんと答えればいいかわからなかった。

「もし良かったら、君も家庭教師つけてみない？」

「あー、あたしは大丈夫です」顔の前で手をパタパタと動かして断った。

つけたくてもつけられないんだけどね、と悲しい気持ちになる。

「ご両親に、相談してみてくれない？」

「はあ」曖昧《あいまい》に返事をする。

「じゃ、またね」

彼は、エントランスを出ていく。黒いスキニーのパンツがよく似合っていた。股の間から向こうの景色が見える。たぶん、あたしより脚が細い。

それから遅れて一分ほど後に栄子が下りてきた。

「おはよう」

「さっき、栄子の家庭教師の人に話しかけられたよ」

「え、なんて？」

「良かったら家庭教師つけてみないかって」

「嘘っ。なんて答えたの？」栄子は、眉間に皺《しわ》を寄せて訊いてきた。

「大丈夫ですって断ったよ」

「そう」栄子は、ほっとしたように呟いた。

「あの人、どんな感じ？　教えるのうまい？」

「よくわかんない……」

口をすぼめながら、言葉を濁した。

「よくわかんないって、勉強が？」

「うーん。なんていうか、不思議な人なんだよね。何考えてるかわからないっていうか」

「てことはさ、栄子は、あの人が何考えてるか知りたいってこと？」

「そういうんじゃないって」栄子は、必死に否定した。

「でもさ、家庭教師って頼むの高いんでしょ？」

「さあ。お金のことはよく知らない」

ちょっとイラッとした。お金の心配しなくていいなんて羨ましい。

あたしの将来の夢は、キャビンアテンダントになること。A大学の英米文学科に入って、全日空の試験を受ける。その夢は、小さい頃から変わっていない。できることなら、塾くらい行きたい。だけど、うちにはそんなお金はない。

「あら、栄子ちゃんに美湖ちゃん。おはよう」

いつもの掃除おばあさんが挨拶《あいさつ》をしてきた。なんで名前を知ってるんだろう。

「おはようございます」

「栄子ちゃんのお父さんにはこないだお世話になってね、部屋の電球を替えてくださったのよ。優しくていいお父さんね」

おばあさんは、栄子に感謝の思いを口にすると、ポケットから飴玉を出してきた。会釈をして受けとるとエントランスを出ていく。

「ねえ、今日もさ、サークル行こうと思ってんだけど、栄子はどうする？」

「ごめん。私、今日もカテキョがあってさ」

最近栄子はカテキョを理由にサークルに顔を出さないことが多い。

「いいじゃん、サボれば」

「ごめんね。お母さんが早く帰ってきなさいってうるさいから」

栄子は、顔の前で両手を合わせながら謝ってきた。

「そっか。あたし、こないだサークルで知り合ったおじさんとお茶したんだ」

「え？　いつの間に」

「R子ちゃんとかM美ちゃんに聞いて、ちょっとやってみようかなって。最初は緊張したけど、けっこう楽勝だったよ。おじさん、いいひとだったし。うちのパパと喋ってるようなもん。あれでお小遣いもらえるんだから、美味しいよね」

「あんまり、無理しない方がいいよ」

栄子が先輩ぶってアドバイスをしてくる。

「大丈夫大丈夫」

あたしは、栄子のいない間にゲームの先に進んだような気でいた。まるで、ウサギとカメみたい。早く追いつきたいという気持ちがそうさせた。


学校に着くと、一気にテンションが下がる。近藤さんに挨拶《あいさつ》をすると、すっと目を逸《そ》らされた。あれ？　気のせいかな。

「おはよう。近藤さん、何読んでるの？」

「……」

今度は、完全にガン無視。なんで？　あたし、なんかした？

まあいいか、と自分の席についた。スマホをいじっていると、ドン、と背中に衝撃が走った。痛い。え？　何？　叩かれたのかと恐怖が襲う。恐る恐る、振り返った。

短髪の男子と目が合うと「あ、すいませーん」と軽い口調で謝られた。へらへらと笑いながら顎を突き出す。とても謝っているようには見えない。何をされたのかわからなかった。

「ねえねえ、黒崎さん。ＬＩＮＥ交換しようよ」

ぶつかってきた男子が言う。

「え、でも……」

「いいじゃん、交換しようぜ」

男子は、強引にあたしのスマホをつかむと勝手に操作し始めた。あまりの勢いに圧倒されて断れなかったのだ。

「よし、じゃあ送ったから」

男子に言われて画面を見ると、LINEの通知が来ていたので開いた。

画面上にあるURLをタップすると、どこかのサイトに飛んだ。どうやら、学校の裏掲示板なるものだとわかった。よく見ると、自分の名前が書きこまれていて驚いた。

『黒崎美湖は泥棒猫』『黒崎美湖は嘘つきで大ぼら吹き』

何これ？　全く身に覚えがないどころか、完全にいじめじゃん。何もしてないのになんで？

スクロールすると、様々な誹謗中傷の言葉が現れた。

『あいつの目つき悪くて怖ぇ』『単純にブス』『色黒崎万湖』

頭が真っ白になった。

「ちがうちがうちがう。あたしは、泥棒猫でも嘘つきでもない」

必死に首を振って訴える。周りにいた女子があたしの顔をちらっと見て笑った。憐れんだような、小バカにしたような表情で、こそこそ話を繰り広げる。

スマホを閉じた。画面をたどればどんな流れでそんな根も葉もない噂が立ったかわかるかもしれない。犯人はわからなくても、何かヒントが見つかるかもしれない。だけど、それを見るのが怖かった。

誹謗中傷が嫌ならネットを見なければいい。SNSをやらなければいい。みんな、他人事だと思って勝手なことを言う。でも、こんな風に見せつけられるのはどうだ。回避しようがないじゃないか。

それでも、ダメージを最小限にするためには、見ないということが一番の方法なんだろう。やっぱり意地でも見ない。それ以外の方法はないように思えた。即ブロック。

これ以上ひどくなりませんようにと祈りながら、残りの一日を耐えた。

放課後になると、誰とも目を合わせず教室を出た。この気持ちを栄子に聞いてほしい。すぐに、電話をかけた。

「やっぱり、今日サークルに来れない？」

「ごめんね。帰らないと。美湖も今日は帰った方がいいんじゃない？　話は、明日ゆっくり聞くから」

「うん。ありがとう」

そう答えたものの、不満で舌打ちが出てしまう。あたしのSOSは栄子には届いていないのだろうか。悶々としたまま駅に向かった。

電車の中でママにLINEを送る。何時頃に帰るか、しつこく訊いてきているのをずっとシカトしていた。今日一日、それどころじゃなかったのだ。女子のこそこそ話が全部自分に向けられているような気がしたし、男子が騒ぐたびに背中にぶつかってくるんじゃないかと心配で気が気じゃなかった。そんな中で、不安な気持ちをずっと栄子に実況LINEしていた。栄子は親身に話を聞き、慰めてくれた。授業中も休み時間もすぐに返事が来て嬉しかった。

ママが電話しろとうるさいのでかけると、何時までバイトなのかと訊いてきたので適当に八時頃には帰ると伝えた。


調布駅の改札を出て北口に進む。駅前の再開発は、もう二十年以上前から続いているらしい。いつ終わるのかわからないけど、これ以上都会にならなくても今のままで十分なのにと思う。JKサークルの入っている雑居ビルに足を踏み入れる。一人でももう平気だ。慣れって怖い。

部屋の中に入って行くと、顔見知りの女の子がたくさんいた。

「ミコりん、おつー」と手を振ってくれる。

「ねえ、ちょっと聞いてよぉ。今日、学校でさ――」

あたしは、意気揚々と喋りだした。

「マジむかつく」「はあ？　何それーひどっ」「ネットに書き込むとか一番卑怯だから」

みんながあたしのことを思っていろいろ言ってくれるのが嬉しかった。

「こういうときはさ、おやじから金巻きあげてぱぁーっと遊ぼうよ」

R子ちゃんがジュースを片手に叫ぶ。その言葉に続くように、他の子もあたしにいろいろアドバイスをしてくれた。投げやりになっていたあたしは、別室の個室でおじさんと二人きりになるコースを選んでいた。スマホの時間と天井の角を交互に見ながらやり過ごした。魂を売っている、なんて言い方をする子がいるけど、あたしにはただ時間を切り売りしているだけにしか感じられなかった。多少嫌なことを訊かれても、多少体を触られても、我慢我慢我慢……。お金のためだと割り切れた。

その日の帰り、コンビニで十万円を一括振り込みした。もうこれであたしは大丈夫。すぐに、宅配業者の男から受け取りの連絡が来た。「おつかれさま」の言葉に安堵する。

「やったー。あたしは自由だー」体に羽根が生えたように楽になった。

上機嫌で帰る道すがら、信じられない光景を目の当たりにした。

生花店の角を曲がったところで、栄子と家庭教師が一緒に歩いているのが見えたのだ。声をかけようかどうしようかと考えながら、一定の距離を保って二人の後ろをつけていく。つけていくと言っても、同じマンションなのだからただ家に向かっているだけなのに、なんとなく後ろめたい。

前方から白いセダンが迫ってきた。栄子は車道側を歩いているのに、気づいていないのか避けようとしない。白線ギリギリで危なっかしいと思ったら、家庭教師がさっと腕を引いて栄子を抱き寄せた。栄子は、一瞬彼を見上げるようにして微笑んだ。まるで、ドラマのワンシーンのよう。二人がデートしているみたいに見えたのは気のせいか。もしかして、あの二人はそういう関係なのだろうか。あたしの誘いを断ってまであのカテキョの男と遊ぶなんて許せない、と急に怒りがこみ上げてくる。なんだか、裏切られたような気分だ。そのまま、ゆっくりと歩いて距離を保ちながら、栄子にＬＩＮＥを送ってみることにした。

『今、どこ？　何してるの？』

すぐに既読はつかない。気付いていないのだろうか。しばらく観察していたら、栄子はポケットからスマホを取り出して画面を見て、そのままポケットに仕舞った。どうやら、ロック画面を確認しただけで未読スルーしたらしい。カテキョの男が栄子の腰に手を添えている。あたしは、イラッとした。誘いを断られたことに対しても、未読スルーされたことに対しても。

ふと、マンションを見上げると、栄子ママがベランダに立っているのが見えた。何も声はかけず、黙って見下ろしている。視線はずっと、栄子に注がれたままだ。見守るというよりは見張っているような感じがした。

あ、と口を開けた瞬間、栄子ママがあたしに気付いて部屋の中に消えていった。

【少女Ａ】

朝からずっと、美湖とＬＩＮＥのやりとりをしていた。午前中、午後と続き夕方まで悲痛な思いが綴られていた。私は、お母さんの指示に従い、速攻で返信する。

「怖いよ」「どうしよう」「なんでこうなったの?」「もうやだ。耐えられない」

美湖は、おそらく今までいじめられた経験がないのだろう。だから、どうしていいかわからなくて不安なんだ。原因は、私にもわからない。もしかしたら、お母さんが関係しているのかもしれない。

私は、幼少期、少しだけいじめられた経験がある。男の子に目が茶色いことを指摘されて「ガイジンガイジン」と言われたのがきっかけだった。必死に耐えているうちにおさまり、ひどいいじめにまでは発展しなかった。逆に、そのおかげで海外に興味を持つことができたし、留学したいという気持ちも芽生えた。みんながみんな、なんでもポジティブに捉えられるわけではないこともわかっている。私の場合は、たまたまひどくならなかったというだけ。それでも今、美湖がとても不安な気持ちでいることは理解できる。突然、顔もわからない相手に悪口を言われるのは誰だって辛い。

自分の体験をもとに美湖に寄り添った返信をし続けた。だって、そうしなさいってお母さんに言われたから。

——美湖からのLINEには真摯《しんし》な態度で返信すること。

お昼に食べそこねたお弁当をつつきながら、複雑な気持ちになった。出汁《だし》の効いた甘い卵焼きに懐かしさを覚えた。幼少期の幸せな味がして、泣きそうになった。両親と私の三人で行った動物園が思い出された。

四時半頃、美湖から電話がかかってきた。一緒にサークルへ行こうと誘われたが断った。電話を切ると、今度は福田から着信があった。こないだのカフェでお茶しようと誘われた。お母さんから、デートでもしてこいと指示されたのだろう。まあいいか、と諦めモードでカフェに入った。特に盛り上がるわけでもなく、淡々と近況を話し合う感じで時間を過ごした。七時頃、彼のスマホに連絡が入り、店を出た。お母さんから、そろそろ帰ってこいと言われたらしい。私たちをくっつけて何が楽しいのだろう。目的がわからないからこちらもどうしていいかよくわからない。

マンションに向かってぼんやり歩いていると、右腕をぐいっと引っ張られた。車が猛スピードで真横を走っていった。はっとしたときには、彼の胸がすぐ目の前にあった。気のせいだろうか。お母さんと同じ匂いがした。いや、たまたまうちで使っている柔軟剤の匂いがしただけだろうか。

「ありがとうございます」彼を見上げる。不思議な感覚だった。ほんの一瞬、ふわっと体が浮いたような感じ。油断すると心を持っていかれるような気がした。すっと体を離し、呼吸を整える。無言で歩いていると、スマホの通知音が鳴った。しばらくしてポケットから取り出すとバッテリーが切れていて、見ることはできなかった。

マンションのエントランスに入ったところで名前を呼ばれた。

「栄子っ」

「あ、美湖」懲りずに今日もサークルに行ってきたらしい。いつも部屋の中で焚かれている、ムスクのお香の匂いがした。

「二人でどこか行ってきたの?」美湖が責めるような訊き方をしてくる。

「あ、うん。ちょっと、そこのカフェに」

「ふーん。それってデート?」

嫌な目つきで私を睨む。

「実は、栄子ちゃんが鍵を忘れちゃって家に入れなかったんだよ。お父さんもお母さんもまだ帰宅してなかったみたいで。それで、急遽《きゅうきょ》カフェで勉強」

突然、福田は弁解し始めた。嘘がうまいなと感心する。

「あ、そうなんだ」美湖の顔がぱっと明るくなるのがわかった。

三人でエレベーターに乗り、上がっていく。無言のまま、六階に着いた。扉が開き、福田に会釈をして歩き出す。

「えっ」

私と美湖の声が重なった。

美湖の家から、新しいお父さんが出てきたのだ。お母さんが買った、やたら爽やかなミントグリーンのシャツを着ていた。

なんで？　という疑問を呑み込んだまま美湖に向かって「バイバイ」と口にする。

べつに、鍵を忘れたわけじゃないけど、美湖がこちらを見ていたので新しいお父さんに鍵を開けてもらって家の中へ入った。カレーの匂いがした。キッチンカウンターには、「ちょっと出かけてきます」と書かれたメモが置かれていた。

最近、お母さんの外出回数が多い。仕事は、フリーのＷｅｂデザイナーだから、そんなに外に出なくても済むはずなのに。おかげで、新しいお父さんと二人きりになることが増えた。

「あの、さっき美湖の家で何してたんですか？」

「ふふふ。内緒だよ」意味深に答えると風呂場へ向かった。

私は、自室で今日の出来事をノートにまとめることにした。すでにただの日記帳と化しているこのノートを、お母さんはどういう思いで読んでいるのだろう。

報告、連絡、相談。いつの時代のビジネス用語か知らないけれど、お母さんはこの「ほうれんそう」の三つを重要視している。私はただ言われた通りにそれを守るだけ。できるだけ詳細に書くことを心掛けてきたつもりだ。美湖に起こった誹謗中傷事件について書くと、自室を出た。ノートをキッチンカウンターの上に載せる。いつからか、ここが提出場所になっている。

冷蔵庫からサラダを取り出し、鍋にあったカレーを温める。お風呂から上がったお父さんが、お腹すいたなと言ってソファにどかっと座った。Ｔシャツに短パンスタイルでくつろぎモードだ。以前、美湖ママたちの前で上半身を見せつけるように裸で出てきたときは驚いたけど、それっきりなくなった。

この人は、今の生活をどう思っているのだろう。一度、ちゃんと訊いてみたいとは思いつつもなかなか勇気が出ない。

「あの、カレーどのくらい食べます？」

「大盛りで」

私は、食器棚から深めの皿を探してご飯をよそうと、ルーをかけた。スパイスの利いたサラサラのカレーは、お母さんの料理の中でも一番好きだ。市販のルーで作るトロトロのカレーもいいけど、お母さん特製のスパイシーチキンカレーは天下一品だ。スープ専用の炊飯器で鶏肉がほろほろになるまで炊くらしい。忙しいときの定番メニュー。

新しいお父さんは、スマホでYouTubeを見ながら、カレーを口に入れていく。ちゃんと味わってるのかな。

「ちょっと、訊いてもいいですか？」

「ん？」

「あなたは、この家に来るまで何をしてたんですか？」

「ああ、君は海外にいたんだっけ？」

「はい」

「俺は、売れない画家だよ」

お母さんの前では僕って言うくせに、私と二人のときは気を抜いているのか、俺って言う。とても自然体で、舞台のセリフのような喋り方はしない。

「それって、嘘ですよね？」

「なんで、そう思うの？」

「あなた、絵なんて描いてないですよね？」

彼の部屋からは、絵の具の匂いが一切しない。爪だって洋服だっていつも綺麗だ。

「ふふふ。知ってたんだ。でも、彼女が望んだことだから」

きっと、あの絵を描いたのは、この男じゃなくてお母さんだ。

「あの人の目的ってなんなんですかね？　指示通りに動けとか日記を書けとか、めんどくさいと思いません？」この男を前にすると、なぜか口が悪くなる。

「前にも言ったけど、彼女はさ、周りから羨ましがられたいだけさ。幸せに見られたいんだよ。女って、そういうもんでしょ。だから、俺を選んだんじゃないかな」

新しいお父さんは、冷めた目で私を見てきた。浅黒い首筋に、汗が流れる。冷蔵庫からビールを取り出して、一気に流し込む。喉仏が上下に動いて、妙な色気を放っていた。今まで女に不自由したことがない男の余裕から来るものだろうか。

「そんなことのために、好きでもないあなたと一緒に住んでるんですか？」

「幸せそうな家族でいること。それが、この家のルールだ」

「ルール……。そうだった」ふと、我に返る。

「由布子さんの最初のご主人がなんで死んだか知ってる？」

「事故、ですよね」

「へえ、そうなんだ」

「え？　ちがうんですか？」

「表向きはそうなってるけどね」

「どういうことですか？」

「さあ」新しいお父さんは、意味深な笑みを浮かべた。

「私は、あの人が何を考えているか、なんであんなふうになっちゃったのか知りたいんです」

「なんでそんなの知りたいの？」

「自分の存在に意味を持ちたいからです。あの人の娘であることの意味」

「へぇ。変わってるね。意味なんて考えても仕方ないよ」

新しいお父さんは、バカにするように笑った。

「……」言い返す言葉が見つからなかった。ただ、バカみたいにへらへらと日々を過ごすこの男に腹が立った。

「連絡帳にヒントがあると思うけどな」

「え？　連絡帳って私がいつも書かされてるあのノートのこと？」

「それじゃないよ。彼女の大切な人が書いた連絡帳さ。それを見つけたら、君の知りたいことがわかるかもね」

「どういうことですか？　もっと詳しく教えてください」

「あとは、自分で考えて行動するんだ。俺は、こう見えても今の生活けっこう気に入ってる。できれば、君にかき乱してほしくないんだけどね」

新しいお父さんは、何か知っている。そう、確信した。だけど、安易にそれを私に言うつもりはないらしい。

やっぱり、この家はおかしい。


【少女B】


「ねえママ、栄子のパパ、うちに何しに来てたの？」

「べつに。ちょっと、仕事の話をしてたの」

ママは明らかに動揺している。嘘が下手くそだ。あたしと目を合わそうとしない。嫌な予感がする。

「仕事って何？」

「佐久間さんがママのお花の教室の看板を描いてくれるっていうから、その打ち合わせに来てもらったのよ」

　ママは、「ほら」と言って、『*Sayaka Flower School*』とオシャレな筆記体で描かれたラフ画を見せてきた。パステルカラーの花のモチーフがかわいい。

「まさか、家に上げてないよね？」

「玄関先で話すわけにもいかないでしょ。仕事なんだから」

　仕事と言えば、なんでも許されるのか。大人のズルいところだ。

　ゴールデンウィーク明けから、ママのお花の教室が始まった。それも、隣の栄子ママの全面協力があったおかげで始めることができたのだ。無料でWebサイトを作ってくれたり、チラシのデザインから印刷所への発注までやってくれたらしい。ママが自力で作った手作り感満載のチラシははっきり言ってださかったし、宣伝とは言えないただの主婦の日常を綴っただけのインスタもいまいちだった。もちろん、生徒は集まらないし、フォロワーだって増えなかった。ママの夢は、ただの憧れで終わると思っていた。少なくとも、あたしとパパは全く期待していなかった。

　それが、栄子ママのおかげで見違えるような効果が現れたのだ。感謝してもしきれない、とママは言っていた。恩人の旦那さんと家でふたりきり。しかも、お隣さん。それは、裏切り行為にはならないのだろうか。近所の人が見たら、どう思うだろう。いい大人なんだから、それくらいわかるはずなのに。

「栄子のパパがうちに来たこと、栄子のママは知ってるの？」

「そりゃ、知ってるんじゃないかしら」

ママは、きゅっと唇を結ぶとトイレへ駆け込んだ。ママの言葉を信じようと思うけど、変なことばかり考えてしまう。今まで、こういうことはなかった。前に住んでいたマンションでは、近所付き合いなんてほとんどなかったし、すれ違っても挨拶をする程度だった。だから、急に家族ぐるみの付き合いをするようになってどう接していいかわからないのだろうと、無理やり自分を納得させた。

そんなことより、今は自分のことを考えなきゃ。あの変な噂のことをどうにかしないといけない。発信源が誰なのか、特定できるだろうか。それが一番重要だ。こういうことは、早めに対処しなければ。大事になってからでは取り返しがつかなくなる。

「ねえ、ママ。あのね……」

あたしは、SOSを送ってみることにした。きっと、ママなら助けてくれる。

「美湖、学校から成績表が送られてきたんだけど。これ何？　こんなんじゃとてもA大にはいけないわよ」

ママは、さっきの仕返しでもするかのような口調であたしを責めてきた。元々、成績には厳しいが、今日の問い詰め方はいつもとちょっと違う。

「ごめん。次はがんばるから。それよりね、聞いてほしいことがあるの」

そこで、ピコンとＬＩＮＥが鳴って、お互いのスマホを確認する。どうやら、ママのスマホが鳴ったらしい。ママは突然、柔和な笑みを漏らし、立ち上がる。

「あ、美湖、このピラフをチンして食べてくれる？　ママ、作業するから」

そう言うと、作業部屋へ入っていった。うちは、あたしの部屋と両親の寝室と作業部屋に割り振られている。ママが使っている作業部屋にはパパの本もたくさん置かれていて共同で使用している。

さっきのママの顔、完全に乙女モードだったことをあたしは見逃さなかった。

仕事にかこつけて、栄子のパパと……。

バカみたい。鼻の奥がツンとする。なんだか、悲しいと言うより悔しかった。よくわからない感情でモヤモヤする。

気を紛らすように冷凍庫を漁った。ママがレンジの上に出した冷凍ピラフは、あたしの嫌いな魚介がたくさん入っているやつだった。いまいち食べたいものが見つからなかったことと、ママの態度にムカついたので、コンビニへ行くことにした。ママのお財布から千円を抜き取ったとき、『黒崎美湖は泥棒猫』という言葉を思い出した。みんなやってることじゃん、と自分を納得させ玄関を出た。

エレベーターの中に一人閉じ込められたような気がして、急に息苦しくなる。なんでなんでと考えていると、涙が出そうになった。一階に着くと、栄子の家庭教師が掲示板に新しい貼り紙をしているところだった。『生徒募集』の文字が躍る。

「こんばんは。おでかけ？」この人は、いつも親しげに話しかけてくれる。

「あ、はい。ちょっとコンビニまで」

「中間、どうだった？」

なぜ、テストのことを訊かれたのかわからず、はっと見上げる。まるで、あたしとママの会話でも聞いていたかのようなタイミングに驚いた。

「なんでそんなこと……」

「いや、一応家庭教師してるから、だいたいの試験のスケジュールは把握してるよ」

「あ、そっか。そうですよね」

「その様子だと、あまりいい成績ではなかったんじゃない？」

「ぼちぼちです」適当に返事をして、その場を去ろうとした。

「だから俺が勉強見てあげるよ」

彼は、押しピンをぐりぐりっと押すと、行く手を阻むようにあたしの前に立った。

「あ、いや、でも……」警戒するように、距離を置いた。

「家庭教師の件、ご両親に相談してくれた？」

「いえ、まだ」

「ねえ、美湖ちゃん。良かったら、そこでお茶でもどう？」

彼は、すっとあたしの肩に手を回し、エントランスの隅へ連れて行くと耳元で囁《ささや》いた。ナンパのような手口で勧誘してくる。視線を上げると、すぐ目の前に彼の顔があった。色白できめ細かな肌をしている。細いフレームの丸眼鏡。細い腕に細い脚。薄い唇に薄い笑み。薄い胸板。ちょっと中性的な雰囲気に、思わず見惚れてしまった。ポッと体が熱くなるのがわかった。

「いいですよ」無意識に答えていた。

マンションのすぐ近くにあるファストフード店に入って、ポテトとコーラのセットを頼んだ。

「俺の名前知ってる？　福田柊。ひいらぎって書いてシュウ」

「知ってます。貼り紙見たことあるから」

「そっかそっか。俺のこと、栄子ちゃんから何か聞いてる？」

「何かって？」

「いや、ほら、いろいろ？」

「やっぱり、付き合ってるんですか？」

「まさか。そんな、ダメでしょ。生徒に手を出すなんて」

「でも、べつに学校の先生とかじゃないし、いいんじゃないですかね」

「へえ。君はそういうの平気なんだ」

「栄子のこと、好きなんですか？」

「いや、こないださ……」福田が口ごもる。

「実は、困っててさ。内緒にしてくれる?」

「なんですか?」

「はい」

「栄子ちゃんから告られたんだよね」

「え?　ほんとですか?」

そんなこと、一度も聞いていない。どうして、何も言ってくれないんだろう。あたしは、なんでも話しているのに。

「うん。付き合ってほしいみたいな感じで言われちゃってさ」

「栄子が好きって言ったんですか?」

意外だな、と思った。栄子が好きなタイプってこんな感じなんだ。

「うん。なんか、照れるな」

目尻のくしゃくしゃっとなった皺を見つめる。ふいに、笑顔がかわいい人なんだなと思った。

「返事はしたんですか?」

「いや、まだ。どうするのが一番いいのかわからなくて。彼女を傷つけたくはないしね」

「なんでそんなことをあたしに言うんですか?」

「あ、そうだよね。こんなこと相談されても困るよね。ごめん」

福田は、あたしの目を見つめて、弱々しく笑った。

「あたしでよかったら聞きますよ。まあ、聞くくらいしかできないけど」

「ありがとう」

目が合うと、ドキッとした。この人が自分の家庭教師になったら、あたしも好きになっちゃうのかな。ぼんやりと彼の顔を見つめながら、ただ話を聞いていた。小一時間ほどして「帰ろうか」と促された。

店を出て、二人でマンションのエントランスへ入っていく。九時を過ぎているのに、ママからもパパからも連絡がなかった。エレベーターを待っていると、後方から「こんばんは」と声がしたので振り向く。栄子ママだった。いかにもキャリアウーマンという感じで、襟《えり》のしゃんと立ったシャツがかっこよかった。

「あ、こんばんは」福田とあたしは、同時に挨拶をした。三人で、エレベーターに乗り込む。

「あれ？　さっき、ベランダで見かけたような……」

栄子ママを見上げた。どうしてここにいるんだろうという疑問を呟く。

「仕事の電話があってね、出かけてたの。よくあることなのよ」

無表情で答える。もうそれ以上何も言うなという圧を感じた。

「福田先生、夕飯はもうお済みになった？」

「あ、はい」

「一度、先生のお母様にご挨拶しとかなくていいかしら？」

「いやいや、大丈夫ですよ。うちの母は、忙しいので」

「そう。よろしくお伝えくださいね」

「あ、はい」

六階に着き、福田に会釈をしてエレベーターを出た。栄子ママより先に歩く。

「あ、美湖ちゃん。お母さんに伝えてくれる？　うちの人のどうだった？　って」

なぜか、背筋がゾクッとした。おそらく、ママがさっき見せてくれた看板のラフ画のことを言っているのだろう。だけど、〝うちの人の〟という意味が違って聞こえたのは、あたしが変な勘繰りをしてしまったせいだ。

――黒崎美湖は泥棒猫。

まさか、という思いが頭を過《よぎ》ったが、すぐに打ち消した。考えすぎだろう。なんでもかんでも例の書き込みと関連づけてしまう。


週が明け、体育祭の準備が始まった。

噂は、他のクラスにまで浸透してしまったらしく、尾ひれがついて更に広まっているようだった。『黒崎美湖はビッチ』とトイレに書かれていた。

そのことを伝えてくれるのは、人のよさそうな顔をした噂好きのクラスメイトだった。善意の密告。ＬＩＮＥやＳＮＳのＤＭを使わず口頭で伝える目的はたぶん、証拠を残さないためだと思う。彼らは、自分たちは関係ありませんよ、と高みの見物をしたいだけなのだ。味方のふりして、哀れなあたしを陰で笑っているに違いない。

さらにそいつらは、裏掲示板に最初に投稿したやつを突き止めてくれた。〝ＩＭＡＺＡ〟というアカウント名ということだけはわかったが、それが誰なのかまではわからなかった。

ただ、変な噂は回るものの特に大きな変化はなかった。話しかければ一応誰かが答えてくれるし、あからさまなシカトをするのなんて近藤さんくらい。元々大人しい子だからべつにシカトされてもこちらにはなんのダメージもない。

どこかのグループに属していた方が本当は楽だけど、今は一人でいる方がずっと安全で楽だ。それに、あたしには栄子がいる。友達は、自分で選べばいい。この学校に親しい友達がいなくても全然平気だし、興味本位で話しかけてくるバカな女子と適当に付き合っていればぼっちにも見られない。

あたしをそうさせるのは、あの誹謗中傷の言葉たちだ。疑心暗鬼で、今目の前にいるこいつらだって信用できていない。全員があたしを陥れようとしているのではないかとさえ思えてくる。だけど、なんのために？　あたしが何をした？

毎日を淡々とやり過ごす。一週間は長い。だけどあたしには、放課後のサークルがある。あたしには居場所がある。だから、大丈夫。

翌週の朝。エレベーターを待っていると、背後から福田が現れた。なぜ、ここにいるのだろう。疑問のままエレベーターに乗り込んだ。

「あ、今朝、栄子ちゃん始発で行くって言ってたな」

福田が独り言のように呟いた。まさか、朝から栄子の家に行っていたのだろうか。

「実はさ……」

福田は、あたしの顔をチラチラ見ながら何か言いたげな視線を寄こしてくる。

「どうかしたんですか?」

「こないだも言ったと思うけど、栄子ちゃんのことでさ……。あ、駅まで話しながら行こうか」

二人でエントランスを出ると、掃除おばあさんがあたしの顔をじろっと見てから視線を泳がせた。

「おはようございます」初めて自分から声をかけてみたが、返事がなかった。気付かなかったのだろうか。隣の福田が気にしなくていいよ、と言わんばかりの笑みで先を促す。

「栄子が何か?」駆け足で彼の横を歩く。脚の長さが全然違うから、追いつくのに必死だ。

「うん。俺さ、栄子ちゃんのこと真剣に考えてみようかなと思ってさ」

「え?」なぜか、胸が苦しかった。

「毎日、LINEくれるし電話もくれるし、いい子だなって思ってさ」

彼が栄子のことを喋るたびにどんどん胸が苦しくなる。

「あたしにそんなこと言われても困る」

急に頭がかっと熱くなって、怒ったような口調で言い返してしまった。

「あ……。ごめんなさい。あたし栄子からなんにも聞いてないから」

「そうなんだ。言いづらかったのかも」

「どうして?」

「気を遣ったんじゃないかな」

福田は、急に眉間に皺を寄せた。本題はここからだ、とでも言わんばかりに。

「どういう意味ですか?」

「今、マンション内で変な噂が立ってるんだけど、知ってる?」

噂、という言葉にぎょっとした。もしかして、あたしのことがもうこのマンション内でも噂になっているのかと不安になる。さっきの掃除おばあさんの態度だって変だった。

「知りません。なんですか……」恐る恐る訊いた。

「ちょっと、言いにくいんだけどさ、美湖ちゃんのお母さんと栄子ちゃんのお父さんが密会してるって噂」

「誰がそんなことを。違いますから」

「このマンション、噂好きな主婦が多いんだよね。それが嫌で出て行った家族もいるしね。ほら、君ん家《ち》の隣の新婚夫婦も入居して一年も経たずに出て行ったらしいじゃない。かなり、大変だったみたいだよ」

「えっ、そうだったんですか?」

パパとママが、出て行った理由がわからないと言ってたっけ。一体、何が大変だったんだろう。挨拶をする程度で、ほとんど交流がなかったからわからない。

「気を付けたほうがいいよ。あることないこと言いふらす人がいるから。特に、このマンションは暇を持て余している主婦が多いからね。妬んだり僻《ひが》んだりさ」

「怖いこと言わないで……」

急にいろんなことが頭を駆け巡る。栄子のママの意味深な言葉や態度も気になった。

「あれ、知らない? このマンションの掲示板。あ、ネットの方のね」

「そんなのがあるんですか?」

「俺も最近知ったんだけどさ、それでターゲットにされた家はみんな出ていく羽目になるって。個人情報を書き込まれてさ、いろんなところに影響がでまくるみたいな。まあ、これも噂だけど」

隣の新婚夫婦に、悪い印象は一切なかった。とても気さくな奥さんと、真面目そうな旦那さんだった。マンションを退去するほど噂で困っていたなんて、全然知らなかった。そんなことより、自分の心配をしないと。もし、うちのママと栄子パパのことが書き込まれていて、それが飛び火して学校の裏掲示板に書き込まれているとしたら大変だ。

「その掲示板のサイト名教えてください」

「さあ。俺は、そういうの興味ないから見たことはないんだよね」

「じゃ、あなたはどこでその噂を聞いたんですか？」

「どこだったかな。たぶん、このマンション内の誰か。俺、栄子ちゃん以外にも家庭教師のバイトしてるからね。いろいろ耳に入ってくるんだよ」

「栄子は、その噂知ってるんですかね？」急に、不安になる。

「さあ。でも、君のことはとても大事な友達って言ってたよ」

「ほんとに？」

「うん」福田は、あたしの肩に優しく手を置いた。その部分がじわっと熱を持つ。

「あの、それで栄子には、返事したんですか？」

「ううん。まだだよ。美湖ちゃんは、どう思う？」

福田は、あたしを見下ろしながら訊いてきた。じっと見つめられて、胸がきゅって鳴いた。不思議な人だ。あたしの心をいつもかき乱して、最後はぐっとつかむ。

数日後。サークルの帰り、マンションの前の道を歩いていると、視線を感じて後ろを振り返った。

「美湖ちゃん」

福田だった。

「あれ？　栄子は？」

最近、栄子は付き合いが悪い。朝も一緒に行ってくれないし、放課後サークルにも付き合ってくれない。今日もカテキョがあるからといって、サークルを断られたのに。

「ちょっと急用ができたから、遅い時間に来てって頼まれてさ」

福田は、エレベーターが開くと笑顔であたしを促した。そのまま、ゆっくり二人で乗り込む。

「美湖ちゃん、今日暇？　一緒にお茶しない？」

「え、でも……」

「相談したいことがあってさ」

「相談？　あたしにですか？」

また何か、変な噂でも回っているのだろうかと不安になった。それとも、栄子のこと？

「うん。じゃ、三十分後にエントランスで待ち合わせよう」

「わかりました」

エレベーターを降りるとき、耳元で「じゃ、後でね」と囁かれて、なんだかこそばゆかった。

家のドアノブを回すと鍵がかかっていたので、鞄から鍵を取り出して開けた。

家族のものではない靴が玄関にあった。見覚えのあるスニーカーだ。リビングへ足早に進むと、ソファに栄子パパが寝そべってテレビを観ていた。

「あ、美湖ちゃんおかえり」

栄子パパは、のそっと起き上がって笑みを浮かべた。

「なんで、あの人がいるの?」

あたしは、ママに向かって小声で訊く。

「おかえり」

ママは、何食わぬ顔でテーブルの上に載った生花の束を片づけていた。

「だから、あの人何してるのって訊いてるの!」

ママが答えようとしないので、つい怒鳴ってしまった。

「ああ、じゃ、僕帰ります」

栄子パパは、あたしとママに会釈をすると出て行った。

「なんで、栄子のパパがここにいるの? どういうこと?」

「佐久間さんは、生徒さんよ」

「はあ?」

「だから、ママの教室の生徒さんとして今来ているの」

「どういうこと? なんで、栄子のパパがママにお花を習うわけ?」

「佐久間さん、お花をモチーフにした絵を描かれてるでしょ? だから、もっとお花の勉強がしたいんですって」

「わけわかんない。他の生徒さんは？」

「もう、皆さん帰られたわ」

「じゃ、なんで栄子のパパだけ残ってたの？」

「暇だから、お話ししてただけよ。いいじゃない。お隣さんなんだから」

「あたしに何時に帰るかしつこくＬＩＮＥしてくるのはなんで？」

「何言ってるのよ。何時に帰ってくるか訊くのは前からじゃない」

「ううん。何時に帰ってくるか訊いてくるのは最近のことだよ」

「そんなことないわよ」

「ねえ、ママ。それ、栄子のママは知ってるの？」

「さあ」

ママは、完全に開き直った感じで言った。

「パパが知ったらどう思うだろうね？」

「あら、やだ。ママのこと脅すの？　そんなこと言ったら、パパ悲しんじゃうわ」

「ママ、どうしちゃったの？　自分が変だって気付いてる？」

「大丈夫よ。美湖が心配するようなことは何もないから」

妙に自信満々な態度がムカついた。

「マンション内で噂になってるんだって。ママたちのこと。あたし、嫌だよ。変な噂でマンション出てかなきゃいけなくなるの」

「ここを出ていくなんてありえないわ。あと何年、ローン残ってると思うの」

「でもね、前のお隣さん、変な噂を立てられて出て行っちゃったらしいよ。ネットの掲示板で叩かれたんだって」

「そんなの誰が見るのよ。マンション内で何が起きたって、外の人にバレなきゃいいじゃない。小さいことは気にしないの」

「もしママのせいであたしやパパが嫌な思いしても、そんなこと言える?」

「美湖に、なんか迷惑かけたかしら?」

「もう、いい」自室のドアを勢いよく閉めて鍵をかけた。ママは、完全にイカれてる。隠そうともしないなんて。ママは、何もわかっていない。小さい世界の息苦しさを。きっと、今のママに何を言ってもダメだ。

約束の時間より早めに家を出た。福田は、時間通り八時半にやってくるなり、柔和な笑みであたしを誘導した。

そっと、腰に手を回され、こないだと同じ近所のファストフード店に入った。店内は学生やサラリーマンでいっぱいだ。二階の窓際に並んで座ることにした。

「美湖ちゃん、なんかあった?」

「え？」

「なんだか、泣きそうな顔してる」

「ちょっと、いろいろあって」

「大丈夫？」

「いや……うん。なんか、学校と家と両方でごたごたしてて、どこにも居場所がないっていうか」

「そっか。俺で良かったらいつでも話聞くから」

福田は、あたしの目を見つめると優しく言った。

「あ、すいません。でも、そっちの相談があるんでしたね」

「なんか、ごめんね。込み入ってるときに、俺の話なんて聞いてる場合じゃないよね」

「ううん。なんか、誰かと話したい気分だったから」

「お母さんとケンカでもした？」

「え？　なんで？」この人は、いつもあたしの心を見透かしてくる。

「なんとなく、同じ匂いを感じてさ」

「どういうことですか？」

「実はさ、俺も家でけっこうごたごたした時期があったから、美湖ちゃんの様子見てたらなんか思い出しちゃって。俺ん家《ち》、母子家庭でそんなに裕福じゃないんだ。このマンションは、父親がいるときに買ったのを離婚の際に母親がもらったものでね。いわゆる、慰謝料ってやつ。まあ、なんでかはだいたいわかるだろ。男が出ていくときってったら、な?」

「ああ、なるほど」

父親の浮気だろうなと察しがついた。明日は我が身、と思うと彼に同情する。

「でさ、俺の学費が……。まあ、早い話が金が必要ってわけ。それで、アルバイトの数を増やしたいんだよね。良かったらさ、美湖ちゃんにもお願いできないかと思って」

「うちにもカテキョに来たいってことですよね?」

「もし、良かったらだけど……」

お金がなくて苦しい思いはよくわかる。あたしには売るものがあるけど、彼にはそれがない。

「パパに頼んでみます」

「ありがとう」

福田は、あたしの両手を握ると笑顔を見せた。

「柊くんって、呼んでいい?」

「いいよ」

目を伏せ、ストローに口をつけながら頷いた。睫毛で影ができる。ちょっと、寂しそうな表情が自分の気持ちとリンクした。

この人があたしの部屋に来て勉強を教えてくれる。想像しただけで、胸がキュッとなった。

【少女A】

お母さんがなぜ、隣の黒崎家に執着しているのか、私にはそれがわからなかった。美湖と仲良くなるように言ってきたり、美湖ママの仕事に助言したり、新しいお父さんを美湖ママに近づけたり。まるで、目的がわからない。

新しいお父さんは、単に幸せな家族に見られたいだけだろうと言っていたけど、果たして本当にそうなのか？　もっと別の思いがあるような気がする。そのために、私はお母さんに利用されているのだろう。

イギリスから帰っていろいろ悩んでいたとき、お母さんは言っていた。

「あなたには、清鸞高校に通ってもらうわ。誰もが憧れる清鸞の制服を着なさい」と。

私は、いずれまたイギリスに留学できればそれでいいと思っていた。だけど、もっと、慎重に考えるべきだったのだ。

今さらもう引き返せない。あの人と約束したから。

それならば、従うしかないだろう。ただ、黙ってあの人の犬になるのは悔しいし性に合わないから、こちらはこちらで調べていく。掌《てのひら》で転がされているように見せかけて、この問題を解決してやろうと思う。

急に、お母さんがご飯に行こうと誘ってきたので慌てて着替えて家を出た。福田には、急用があると伝えた。お母さんは、久しぶりにお酒を飲んで上機嫌で楽しそうだった。酔った勢いで、お父さんとの馴れ初めを話したり、私を産んだときの話なんかをし始めた。久しぶりにお母さんの笑った顔を見た気がした。バーでもう一杯飲んで帰るからと言われ、店の前で別れた。別れ際、「二人で暮らすのもいいかもね」と言われて、ゾッとした。

駅前の通りは、夜遅くても明々《あかあか》としていて治安がいい。生花店の角を曲がると、美湖と福田が並んで歩いているのが見えた。走って二人を追いかけた。

「美湖？」

私が呼びかけると、美湖はびくっと肩を震わせて振り向いた。

「栄子、遅かったね。何してたの？」

「うん。ちょっとね。用事で……」

福田の顔を見ずに答えた。彼は、余計な詮索はしない。唯一の美点であるけど、それが余計に怖い。

「今、美湖ちゃんとお茶してたんだ」福田が言う。

なんで？　二人は、お茶をするほどの間柄なのか？

「さっきのこと、言ってもいい？」美湖が、福田に体を密着させたまま訊く。

「いいよ」

「柊くんに、うちにもカテキョ来てもらうかも」

「へ？」

下の名前で呼んでいることに驚いた。いつの間に、そんなに仲良くなったんだろう。

「前々から誘われてたんだけど、こないだの中間テスト最悪だったから、お願いしようかなって考えてるんだ」

「あ、そう」勧誘なら、両親と一緒のときにすればいいのに。なんで、直接美湖に頼むんだろう。

「栄子、あたしも柊くんの生徒になるけど、いい？」

「べつに、いいんじゃない」

私にいちいち許可を取る必要はない。

「栄子ちゃん、こないだ成績良かったもんね。きっと、美湖ちゃんも俺がついてれば大丈夫だから」

福田は、いつもの調子で喋る。こいつと、成績の話なんてしたことないのに。

エントランスに入り、三人でエレベーターに乗り込んだ。

美湖が訊いた。

「柊くんって、何階に住んでるの？」

「九階だよ」

「栄子、行ったことある?」

「ううん。ないよ」

「あ、柊くんは、お母さんと二人暮らしなんだよね」

「そうそう」

「柊くんは、弁護士目指してるんだよね」

「うん」

初耳だな、と思いながら二人の会話を聞いていた。

「司法試験って、すっごく難しいんでしょ?」

「そうだね。卒業したら受けるつもりだけど、一発で受かるのは至難の業だから。今のうちにたくわえておかないと、司法浪人って金かかるんだよ」

「あ、だから今お金貯めてるんだね」

「そういうこと」

なぜか、美湖は福田との会話を私に聞かせるかのように必死に喋り続けた。まるで、仲がいいのをアピールするように。

「じゃ、美湖ちゃん、またね。例の件、よろしくね」

そう言うと、福田は私の腰に手を添え、家に入っていく。

「なんのつもりですか?　手、退《ど》かしてください」

「ツンデレ？」

福田がからかうように言う。私は無視して靴を脱ぎ、廊下を歩いていく。リビングでは、新しいお父さんがスマホをいじりながらビールを飲んでいた。床やテーブルには、たくさんの空き缶が散乱している。

「じゃ、これから授業に入ります」

福田は会釈をして、私の部屋に入っていく。私は大きくため息をついて立ち尽くした。ひどく疲れていて、一人になりたい気分だった。

「着替えないの？」福田が言う。

「見たいですか？」私は挑発するように言ってみた。

「どっちでもいいよ」

そう言うと、興味なさそうにベッドに寝転がった。変な人、そう呟いて机に向かった。例のノートに、今日の出来事を書き記す。ルーティーンにしてしまえばなんてことない。最初は、読まれることへの羞恥心が邪魔して正直に書くのを躊躇《ためら》った。次第に、書くことも読まれることも楽しくなっている自分に気付いた。きっと、それはお母さんに褒《ほ》めてもらえることが嬉しかったからだろう。操られているとわかっていながらも、反抗できないでいる自分がもどかしい。もしかしたら、お母さんに支配されていることに快感を覚えているのかもしれない。時計を見ると、まだ二十分しか経っていなかった。時間が過ぎるのが遅い。

ベッドの方に視線をやると、福田と目が合った。

「今も、イギリスに戻りたいって思う？」

「はい。そのために、今いろいろ我慢してるんで」

「お母さんに一緒に住みたいって言われたとき、どう思った？」

一瞬、戸惑った。なんでそんなことを訊いてくるのだろう。

「最初は、あまり深く考えてなかったんです。イギリスに戻るためにはあの人の言うことを聞かなくちゃいけない、っていう思いしかなかったから」

「君がもう少し単純でバカな人間だったら良かったのにってお母さん言ってたよ」

「え？　どういう意味？」なんでそんなことをこの男に話したんだろう。

「前のお父さんとの暮らし、覚えてる？」

「はい。それが何か」

「彼は、とても頭の悪い人間だった。だから、消された」

「どうしてあなたがそんなこと知ってるの？」

「バカすぎてもダメ。賢すぎてもダメ。お母さんは、そうやって人を選んでいる」

福田は私の目を見つめ、洗脳でもするかのようにゆっくり言葉を放つ。

「あなたもあの人に利用されてる側の人間なんでしょ？」

なんでもわかったような顔をしている福田に腹が立った。

「栄子ちゃん、せっかくならズル賢くいこうよ」

その言葉でなんとなく察した。この人も新しいお父さんと同じ人種だ。バカなふりして、操られている人間を演じている。

「あなたは、あの人とどんな契約を交わしたんですか？」

「俺は、君を守るように言われてるだけだよ」

「べつに、あなたに守ってもらう義理はありません」

彼を見下ろす。しばらく、妙な沈黙が流れた。起き上がった福田は、私の腕と腰を引き寄せ、ベッドに押し倒した。

「じゃ、俺の彼女になれよ。そしたら、守る義務ができる」彼が耳元で囁いた。

「やめて……」そのとき、彼の首筋からお母さんと同じ匂いがした。

「心配しなくてもいいよ。君は、お母さんの言うことさえ聞いていればいい。そしたら、イギリスでもどこでも好きなところに行けるから」

福田はベッドから立ち上がると、私の頭を優しく撫でた。

この男は、いったい何者だ？　という疑問と同時に自分の身の危険を感じた。

【少女B】

柊くんの手が栄子の腰に添えられているのを見て、あたしは敗北感を味わっていた。なんで、自分はこんなにイライラしているんだろう。羨ましいという感情は、人を醜くする。

ママは、あたしが帰ってきたことにも気付かず、リビングでスマホをいじっていた。最近、ママのインスタは絶好調らしく、片時もスマホを放さない。

冷凍庫からグラタンの袋を取り出し、電子レンジに入れる。七分は長い。あたしは、Twitterを開いて愚痴を連投した。ママの悪口から、学校の悪口。〝いいね〟がつかなかったので、調子に乗って『親友の彼が気になってる』とつぶやいたら、すぐにいいねとリプライの表示がついた。タップすると、『取っちゃえ♥』と書いてあった。いいねを返して、スマホを置いた。

チンしたグラタンを食べながら、さらにTwitterでのやり取りを続けた。

十一時を過ぎた頃、パパが帰ってきた。珍しくお酒を飲んでいる。ほろ酔い加減で機嫌は良さそうだ。

「ねえ、パパ。あたし、家庭教師に来てもらいたいんだけど」

「家庭教師？　それは、大手のアレか？　ＣＭとかで見るやつ」

「ううん。同じマンションに住んでるK大生の人。ママも知ってる人」

あたしは、パパに取り入ろうと必死だ。

「女子大生か?」

「ううん」パパの発した女子大生という言葉が卑猥に聞こえてイラッとした。

「男はダメだ。絶対ダメ」

「ちゃんとしてる人だから大丈夫だよ。ねえ、ママ」

あたしは、ママを味方につけようと声を張り上げた。

「ああ、福田さんね」

「そいつは、どんなやつなんだ?」

「爽やかで感じのいい青年よ。今どきの男の子って感じ」

「ダメダメダメ。男は、絶対ダメ」

こういうときのパパは頑固だ。娘がかわいいのはわかる。だけど、その親心が今は邪魔なの。

「ねえ、ママも言ってよ。パパにお願いして。ママだって好きなこといろいろやってるんだから、いいでしょ?」

あたしは、ママに脅すような視線を向ける。

「何言ってんだよ。ダメなものはダメ。絶対ダメだからな。家庭教師頼むなら、女の先生に頼め」

そう言うと、パパはお風呂場へふらふらと歩いて行った。

「ママ、あたしの味方だよね？」

「そうよ」

「じゃ、パパにお願いしてよ」

「知ってるでしょ。パパが頑固なこと。美湖のことに関してはきっと曲げないわ。それに、うちにはそんなお金はないわ」

「ズルい、ママばっかり」

「はあ？　何言ってるの？」とぼけた顔がムカついた。

「ママだって、栄子のパパと二人っきりで会ってるじゃない」

「ちょっと、声が大きい。変なこと言わないでよ。彼は生徒さんだって言ってるじゃない。何もないわよ」

「そんなの信じられない」

「由布子さんの方から頼んできたのよ。うちの主人をよろしくお願いしますって。あ、生徒としてって意味だけど」

ママは、真剣な表情で言う。

栄子のママからお願いされた？　自分の夫を隣の主婦と二人きりにして平気なわけがない。よほど自信があるからできるのだろうか。それとも、用済みになったものを捨てる感覚だろうか。

全く理解ができなかった。

体育祭が終わり、クラスの人間模様はずいぶん変わった。じめじめと梅雨の空気が肌に纏《まと》わりつく。

変な噂はおさまったものの、あたしの怒りはおさまらなかった。だけど、誰がそこまでしてあたしを追い詰めたかったのかな。まさか、近藤さん？　あたしがみんなに後ろ指をさされるのを見て楽しんでたのかな。でも、そこまでの悪意を近藤さんからは感じないし、嫌われるほど深い付き合いはなかった。

もう、めんどくさくなってどうでもいいと片づけることにした。だけど、翌朝になると怒りが込み上げてくる。その繰り返しに耐えられず、中学時代の友人に連絡をとってみた。ママからは、過去は断ち切って新しい友達を作りなさいと言われてきたけど、こないだ流れてきたＭＫＢの自殺が気になった。もしかしたら、あたしへの嫌がらせと何か関係があるのかもしれない。転校する前の千葉の中学の子にＤＭを送ってみた。

『久しぶり。ＭＫＢが自殺したって風の噂で聞いたけど、ほんと？』

『本当だよ。うちの弟に訊いたらさ、相当病んでたみたいって言ってた』

『なんかあったの？』

『よくわかんないけど、学校も休みがちだったって』

『てことは、学校でのストレスが原因なの？』

『噂によると、アパートの郵便受けがぐっちゃぐちゃだったらしい』

『どゆことどゆこと？』

『嫌がらせの手紙とかが送られてきてたんじゃないかって噂』

『誰から？』

『さあ』

それから三十分ほど探り探り訊いてみたけれど、ＭＫＢの自殺の真相はわからなかった。


【少女Ａ】


夕方七時になると、福田は家にやってくる。

お母さんは仕事で今日も遅い。新しいお父さんは、相変わらず何もしていない。昼間、美湖ママのお花の教室で時間を潰し、美湖が帰ってくる少し前に帰宅するといった感じだ。家にいる間はソファに寝転がり、缶ビールとスマホを手に全力でヒモ生活を謳歌している。お母さんのいないこの時間帯は完全オフモードで、私のことは単なる同居人と考えているようだ。厳密に言えば、こちらから何かアクションを起こさなければ向こうから何かしてくることはない。

郵便はがき

料金受取人払郵便

牛込局承認

7395

差出有効期間
2023年6月
1日まで

162－8790

新宿区東五軒町3－28

㈱双葉社

文芸出版部 行

ご住所	〒		
お名前	（フリガナ）	☎	
		男・女　　歳	既婚・未婚
職業	【学生・会社員・公務員・団体職員・自営業・自由業・主婦（夫）・無職・その他】		

ご購読ありがとうございます。下記の項目についてお答えください。ご記入いただきましたアンケートの内容は、よりよい本づくりの参考とさせていただきます。その他の目的では使用いたしません。また第三者には開示いたしませんので、ご協力をお願いいたします。

書名（　　　　　　　　　　　　　　　　　　　　　　）

●本書をお読みになってのご意見・ご感想をお書き下さい。

※お書き頂いたご意見·ご感想を本書の帯、広告等（文庫化の時を含む）に掲載してもよろしいですか？

1. はい　2. いいえ　3. 事前に連絡してほしい　4. 名前を掲載しなければよい

●ご購入の動機は？

1. 著者の作品が好きなので　2. タイトルにひかれて　3. 装丁にひかれて
4. 帯にひかれて　5. 書評・紹介記事を読んで　6. 作品のテーマに興味があったので
7.「小説推理」の連載を読んでいたので　8. 新聞・雑誌広告（　　　　　　　　）

●本書の定価についてどう思いますか？

1. 高い　2. 安い　3. 妥当

●好きな作家を挙げてください。

（　　　　　　　　　　　　　　　　　　　　　　）

●最近読んで特に面白かった本のタイトルをお書き下さい。

（　　　　　　　　　　　　　　　　　　　　　　）

●定期購読新聞および定期購読雑誌をお教えください。

（　　　　　　　　　　　　　　　　　　　　　　）

彼は彼の役割をひたすら全うしているだけだから私には無関係。そう思って、こちらも接するようになった。

「こんばんは」福田が新しいお父さんに笑顔で挨拶をする。

「おつかれっ」二人の関係性も奇妙でならない。お互いの存在を尊重し合っているようにも見えるし、単に興味がないようにも見える。

「じゃ、栄子ちゃん。始めようか」

福田に促され、自室に入っていく。

「あの、美湖の家庭教師の件なんですけど」

「ああ、あれね」

「どういうつもりなんですか？　お金に困ってるって本当ですか？」

「なんでそんなこと訊くの？　もしかして、ヤキモチ妬《や》いてる？」

「違います。美湖のカテキョをやる目的が知りたくて」

「俺は大学生だよ。バイト代がたくさんほしいっていう理由以外、何があると思ってるの？」

「わからないから訊いてるんです。隣の家に、何かあるんですか？」

「何かってなんだろう」

福田はふざけるようにオーバーに首を傾げた。

「こないだ、私に彼女になれって言いましたよね。ふつう、自分の彼氏が自分以外のしかも同級生でお隣の女の子のカテキョしてるなんて、いい気しないと思うんですよね。一般的に、という話をしてます。仮にあなたが私を本当に好きだった場合、そんなことしないと思う。つまり、何が言いたいかっていうと、あなたの行動は変だってことです」

「あはは。だいぶ、回りくどい言い方をしたね。君の言う通り、ふつうのカップルだったらそんなことはしないだろうね。トラブルの元になるだろうから」

「じゃ、どうして？」

「君が守られる理由がほしいって言うから付き合ってあげるだけだよ」

「そんなこと言ってません。守ってもらう義理がないって言ったんです」

「どっちでもいいさ。俺は、君のことを守る。そのために、恋人として振る舞うってことだよ」

「好きでもないのに？」

言い放った後、既視感を覚えてはっとなった。新しいお父さんにも同じような疑問を投げかけたことがある。

「お母さんは、あなたに何を頼んだの？」

私のボディガードなんて建前で、単なる見張り役なんじゃないだろうか。お母さんは、私の行動を全て把握しておきたい。だから、日記を書かせたりしている。でも、何のために？　私を見張ったところで、お母さんには何のメリットもないはずだ。

「君を守るように言われてるだけだよ」またもやとぼける。

「私を見張るように言われてるんですか？」

福田は静かに首を振ると、一気に捲し立てた。

「世の中は、イメージが全てだ。真実なんて誰も知らない。この人はこういう人。あの人はあいう人。それで成り立ってしまう。お母さんの狙いは、そこにある。素敵な旦那さん、素敵な家。美しくて賢い娘。その娘には、一流大学に通う彼氏がいる。絵に描いたような幸せな家庭だと思わない？」

新しいお父さんもそんなことを言っていた。私も、一度は納得した。自分もそれに応えようと努力した。だけど、そんな単純なものではないような気がする。もっと込み入ったもの。闇の底に眠る何か。その答えにはまだたどり着けていないけど。

「嘘をつくのってしんどくないですか？」

「それ相応の対価があればしんどくはないさ」

「お金、ですか」

「まあ、それが一番わかりやすいからね」

この男は、金のためならなんでもするんだろうなと思った。お母さんは、この男にお金を払ってまで何をしようとしているのだろう。

「あなたは、何か知ってるの？　この家の秘密」

「へえ。秘密があるんだ」小首を傾げて意味深な言い方をした。

「この家の連絡帳のこと、何か聞いてます？」

「なんのことだろう」

福田はとぼけるようにして言った。お金が絡むと人の感情は流されやすい。理性も正義も失くしてしまうほど怖い存在だ。

「あなたと、お付き合いなんて考えられません」きっぱりと断った。

誰も信用するな、私は自分に言い聞かせる。呼吸を整えると、ノートに今日起こったことを書きなぐった。何かに没頭しなければ、自分を見失いそうで怖かった。答えのない問題を解いているような感覚がした。


九時になってもお母さんは帰ってこない。まさか、飲み歩いているなんてことはないだろう。家族三人分の生活費と私の学費、それからこのマンションの家賃を一人で稼いでいるのだから忙しいのは当然だ。

お母さんは毎朝、私のお弁当を作って、夕飯の準備までして出かけている。器用すぎてちょっと怖いくらいだ。

戸棚から茶碗とお味噌汁をよそうお椀を二つずつ取り出した。炊飯器を開け、ご飯をよそう。白い湯気がふわっと上って、スチーム美顔器みたいに顔に当たる。

目の前にいる、ヒモ男を見つめる。新しいお父さんと二人で向かい合って食べる食事にももう慣れた。冷めた唐揚げを二人でつつく。チンした方が良かったかな、なんて呟きながら。

新しいお父さんは、冷蔵庫からマヨネーズを取り出し、豪快に唐揚げの上にかけた。やっぱり、デリカシーがない。

「お花、楽しいですか?」

「まあね」

「はいはい。本当は花に興味なんてないくせに」

鼻で笑いながら言って、キャベツにドレッシングをかけた。

「ねえ、そういやLINE交換してなかったね」

「必要ないと思いますけど」

「一応、教えてよ。何かあったときのために」

「じゃ、勝手にどうぞ」

私は、テーブルの上にスマホを置いた。新しいお父さんは、慣れた手つきで操作すると、何気なく言った。

「アザミの花言葉知ってる?」アイコンを見て訊いてきたのだろう。

確か、美湖の家にプレゼントした絵もアザミだったはずだ。花になんて興味がないし、いちいち花言葉なんて気にしたことがない。

「さあ。〝独立〟とかって、お母さんが美湖に言ってたような気がしますけど」

「ふふふ。意外とみんな知らないんだよね。花言葉って一つじゃないんだよ。アザミの花言葉には〝報復〟という怖いものもあるんだ」

「どうせ、嘘でしょ」

「自分の知ってることだけが正しいなんて思ったらダメだよ」

彼は鼻をふんっと鳴らして、唐揚げをビールで流し込んだ。意外と、プライドが高い男なのかもしれない。小娘にバカにされてばかりでは男が廃《すた》るとでも思ったのだろう。

妙な沈黙が続く。その間に、アザミの花言葉を調べた。確かに〝報復〟と書かれている。その流れで、報復の意味を調べた。〝自分がやられたことをそっくりそのまま相手に返すこと〟とあった。類語を調べてみると復讐や敵討ちやリベンジという言葉が出てきて、思わず身震いした。

時計の秒針の音が聞こえるほど静かだ。何か喋ろうと考えを巡らす。

「あの、美湖ママと仲良くしてるのには何か理由があるんですか?」

「気になる?」

「質問してるのはこっちなんですけど」

「あはは。内緒だって言ったよね」

「もしかして、お母さんに隣の奥さんを誘惑しろとか頼まれてるんですか?」

「ほう。だとしたらどんな目的だろう？」

「だから、訊いてるのはこっちですってば」

「まあまあ、落ち着きなよ。そんなに知りたければ、直接本人に訊いてみたらどうかな？」

へらへらと笑いながら、ビールを流し込む。

「訊いても何も教えてくれないから、あなたに訊いてるんです」

「俺と隣の奥さんの関係がそんなに気になる？　意外と下世話なネタが好きなんだ」

私を怒らせようとしているのか、のらりくらりと話を躱《かわ》す。

「わかりました。私には何も教えるつもりはないってことですね」

諦めたように吐き捨て、ため息をついた。

「君はさ、何か勘違いしてるよね。俺たちは、親子でもなければ仲間でもない。いちいち俺の行動に文句言われても困るんだよね」

「私はただ、あの人がなぜ壊れてしまったのか、その理由を知りたいんです」

「俺は、知りたくないね。それを知ったところで、何もしてあげられないだろうし」

「本当に知らないんですか？」

「知らない」

彼の瞳が小刻みに揺れているのを見逃さなかった。

「お願いします。なんでもいいから、知ってることを教えてください」

「知らないふりしてた方が君のためだとは思うけど」

めんどくさそうに答えると、白飯を口に含んでふんっと鼻を鳴らした。

以前言っていたことと違う。お母さんは他人に幸せだと思われたくて、今の生活を手に入れようとしたんじゃなかったのか。この人と夫婦関係を続けているのも、〝若くてかっこいい素敵な旦那さん〟を見せつけるためじゃなかったのか。

「それでも、私は知りたい。だから、お願いします」

「はあ、しつこいな。前にも言っただろ。連絡帳がヒントだって」

「それはどこにあるの？　あなたは、それを見たの？　そこには何が書いてあるの？」

私は、彼を問い詰める。

「自分で捜すことだな。君の知りたいことは、すべて過去にある。調べたいなら調べればいい。だけど、彼女を止めることは誰にもできないと思うけどね」

新しいお父さんはキャベツまで綺麗に平らげると、席を立った。しかし、茶碗には米粒がたくさんついていていて行儀が悪い。お腹いっぱい、そう呟いてソファに寝転がった。完全にヒモ生活が板についている。

二人分の食器を洗い、お風呂でゆっくり湯船に浸かって頭の中を整理していく。昔、住んでいた家を思い出していた。優しい両親の顔を捜してみたけど、最後まで出てこなかった。私は、愛されていなかったのかな。

十二時過ぎにお母さんが帰ってきた。

「おかえりなさい」

「栄子ちゃん。あなたたち、どうなってるの？」お母さんの声は、冷たくて抑揚がない。

「なんのことですか？」

新しいお父さんとの会話を盗聴されていたのかと焦って声が裏返ってしまった。

「福田先生とのことよ」

「は？」

言われていることが全くわからなかった。

「もう、こっちがいろいろ段取りつけてあげたのにまだくっついてないなんて、何してるのよ」

「いえ、私は、そういうのはちょっと……」こないだ、断ったのに。

例のノートに書いていないことでも、お母さんには筒抜けだ。

「いいから、彼と付き合いなさい」

「いや、でも……」

「もう少し、従順な子だと思ってたのに。めんどくさい子ね」

「すみません」

お母さんの吐き捨てた言葉が突き刺さって苦しい。〝めんどくさい〟は、一番私が傷つく言葉だ。幼少期によく言われて、トラウマになっている。

「いい？　あなたに選ぶ権利はないのよ。わたしの言うことを聞きなさい」

お母さんは、私に命令すると、自室にこもってしまった。

翌朝、例のノートに書かれた指示を見て、ぞっとした。

——彼と付き合っていることを自慢しなさい。そして、あの子に譲ってあげなさい。

私は、頭を抱えた。お母さんの考えていることが全くわからない。一度自分のものにして、誰かに譲るの？

おそらく美湖は、福田に対して特別な感情を抱いている。あの眼つき、喋り方、態度、どれを取ってもわかりやすい乙女な反応。お母さんはそのことを知っていて、私に指示をしてきたのだろうか。でも、私は美湖と福田の関係性なんてノートに書いた覚えはない。それなのに譲ってあげろとは、どういう意図なんだろう。考えれば考えるほどわからなかった。

新しいお父さんが言っていた〝連絡帳〟の存在も気になる。きっと、この家のどこかにあるはず。それを、あの男は見つけて読んだ。そして、お母さんの秘密を知ってしまった。

秘密。その言葉はとても魅力的だけど、恐ろしいものでもある。

考えられる可能性は一つだ。お母さんの一番大切な人が書いた連絡帳。もうこの世にはいない人が残したもの。

「捜さなきゃ」

そう呟いた瞬間、自室から出てきたお母さんと目が合ってしまった。パンツスーツをさらっと着こなしている。今日も仕事で外に出るのだろう。ヒモ男を家に置いたまま働きに出かけているなんて、周りから見たら決して羨ましくはないだろう。ああそうか。ヒモ男は、画家という肩書きが与えられているんだった。Ｗｅｂデザイナーと画家の夫婦。余所から見れば、うちはおかしくないいんだ。お母さんの描いた理想の家族なんだ。

「栄子ちゃん、いってらっしゃい」

お母さんは、いつものようにお弁当を手渡すと笑顔で私を見送った。その笑顔の裏に隠された秘密がいったいなんなのか。私はなんのためにお母さんに必要とされているのか。知らない方がいい、ともう一人の自分が囁く。

だけど……。


【少女Ｂ】


朝はいつも、あたしが待たされる。それを知っているのか、柊くんが掲示板の前でおはようと声をかけてくれることがルーティーンになっていた。なんだか、嬉しい。

「美湖ちゃん、朝ご飯何食べた？」

「フレンチトーストとカフェオレと、サラダをちょっと」

菓子パンをかじってきただけなんて言えなかった。うちの朝食に、サラダなんて出てきたことは一度もない。

「美湖ちゃん、例の件どうなってる？」

「あ、ごめんなさい。パパが、ダメだって」

「そっか。やっぱりダメか」

柊くんは、肩を落としてあたしを見る。

「でも、もうちょっと待って。説得するから」

そうは言ったものの、パパを説得する術は今のところない。

「ありがと。頼んだよ。じゃ、またね」

笑顔で手を振ると、エントランスを出て行った。ぼんやりとその背中を見つめながら、どうすれば彼を家庭教師として迎えることができるだろうかと考えていた。あの頑固親父さえ首を縦に振ってくれたら、と忌々しく思う。せめて、ママがあたしの味方になってくれたらいいのに。

「おはようございます」

掃除おばあさんに声をかけたが、またしても反応がない。あからさまに知らんぷりされたのがわかった。前は、にこやかに挨拶してくれたのに。なんで急に態度が変わったのだろう。この人も、ネットの掲示板とか見てるのかな。もしかしたら、この人が変な噂を流してたりして。人畜無害そうなふりで住人のことを観察してこそこそネットに書き込む〝鬼女《きじょ》〟は、たいてい暇な主婦って聞いたことがある。だけどいくらなんでも、このおばあさんがそんなことするわけないだろう。スマホだってパソコンだって使えそうにないアナログな雰囲気が漂っている。

「おはよう」

振り返ると、栄子が立っていた。

「あ、おはよ」

反応が鈍って声が裏返った。

「おはよう。栄子ちゃん」

掃除おばあさんが笑顔で言う。あたしのことはシカトしたくせに。

「おはようございます」美しいお辞儀で返す。栄子はあたしのもとへ駆け寄ると小首を傾げた。

「どうした？　大丈夫？」

「うん。平気平気」

へらへらと笑いながら歩き出す。

「あのさ、カテキョの話だけどさ、パパがOKしてくれなくて困ってんだよね。女子大生ならいいとか、わけわかんないよね。どうしたらいいと思う？」

「お父さんの気持ちわからなくもないよ。美湖が心配だからじゃん」

「栄子、本気でそう思ってる？」

「うん」

「いいの？　柊くんがうちにカテキョに来ても。だって好きなんでしょ？」

「え？　あ、うん」栄子の反応は鈍い。本当はもっと踏み込んで話を訊きたいけど、心がブレーキをかけた。あたしの気持ちを悟られてはいけないと思った。

あたしは、柊くんに来てほしいだけなのだ。それを口にしたら、栄子はどう思うだろう。

駅の構内に入ると、男の人に話しかけられた。

「やあ、久しぶり」

四十代くらいのおじさんは、あたしではなく栄子の顔を見ていた。中肉中背でポロシャツにチノパンという姿がうちのパパの休日のスタイルによく似ていた。ギャンブル依存症のやばいおじさんにも見えたし、セミリタイアして毎日ゴルフ三昧の金持ちにも見えた。日本中のおじさんの平均値を出したらこういう人ができあがりそうだ。

栄子は、不快そうにおじさんを睨んでいる。

「行こう」

栄子は、おじさんを避けて歩き出した。

「待てよ」

おじさんは、栄子の肩をつかんだ。

「俺のこと覚えてるよな？　栄子ちゃん」

もしかして、サークルで知り合った客だろうか。それだったら、暗黙の了解で知らないふりをするのがルールなのにわざわざ話しかけてくるなんて、どういう神経してるんだろう。

「何か用ですか？」

栄子が睨みつけると、男は耳元で何か囁いた。周りの音がうるさくて聞こえなかった。

「私に言われても困ります」

「そんな冷たいこと言わずにさー。俺、ほんとに困ってるんだよ。頼むよ」

「大声出されたくなかったら、どっか行ってください」

「そういう気の強いところ、あの女に似ちゃったのかな」

「……」

おじさんはにやにやしていて、怯む様子がない。栄子を助けてあげなきゃ、ときょろきょろしていたら、パパを見つけた。

「パパー」

あたしは、栄子の代わりに大きな声を出して周囲の視線を集めた。恥ずかしさよりも栄子を助けてあげないといけないという思いが強かった。

「どうした？」

パパが嬉しそうに近づいてくる。

「このおじさんが、栄子につきまとって困ってるの」

「この子になんか用か?」

パパは、ヒーローよろしくおじさんに詰め寄る。傍《はた》から見たらただのおじさん同士の言い合いだ。

「あーあ。めんどくせ」

おじさんは顔を顰《しか》めて栄子から離れると、去って行った。

「栄子、大丈夫?」

「うん。ありがと」

「ねえ、誰なの? 知ってる人?」

「ううん。知らない」

そう答えた栄子の顔は険しかった。きっと、知っている人なんだろう。だって、栄子の名前も知っていたし。

あたしは、パパにお礼を言い、女性専用車両に乗り込んだ。


【少女A】

「栄子ちゃん」と名前を呼ばれたときは焦った。美湖だって、不審に思っただろう。どういいわけすれば納得させられるのかわからない。前のお父さんなんて言ったら、今のお父さんが実父じゃないことも話さないといけなくなる。そしたら、本当のお父さんは？　とか質問攻めにされてややこしくなることが危惧《きぐ》された。

私は、これまで何人の人をお父さんと呼んできたんだろうと、ふと考えておかしくなった。実父、前のお父さん、今のお父さん、そしてホームステイ先のダディ。

前のお父さんとの暮らしは、ほとんど覚えていない。ほんのちょっとの期間だった。お金にルーズだったことや小さな約束が守れなかったりしたことが積み重なって、家を追い出された。

本当のお父さんという言い方も変だけど、実父、私と血の繋《つな》がった正真正銘のお父さんは交通事故で亡くなった。イギリス留学中に知らせを受けたとき、息が止まるかと思った。急いで日本に帰国すると、憔悴しきったお母さんの姿があった。私は一人、葬儀の準備に奔走した。その後のことなんて考える余裕はなかった。優しくて大好きなお父さんはもういない。それを受け止めるだけで精一杯だった。

「さっきのおっさんってさ……」

美湖が何か言いたそうに私を見てくる。さっき、耳元で「お金貸してくれない？」と言われたのを聞かれてしまったのかもしれない。そしたらもう変ないいわけはできない。知らない人なんて答えてしまった分、どう説明するのが一番無難か必死に考えた。

「えっとね、さっきの人ね、ほんとは知ってる人なの」

「やっぱり、客?」

　そうなるよな、と唾を飲み込んだ。下手に否定すると余計にややこしくなる。もう、これは同情作戦で切り抜けるしかないと思った。

「そうそう。前に美人局《つつもたせ》的なことやってお金取っちゃったんだよね。それを今さら返せとか言われて。ついてないなー。まさか、こんなとこで遭遇するとか最悪」

　口から出る嘘がイタいのはわかっていた。だけど、嘘は嘘でカバーするしかなかった。

「へー。でも、ケチなおっさんだね」

「でしょー」なんとか切りぬけた、と胸を撫でおろす。

「なんかさ、つい出来心でやっちゃうことってあるよね」

「ん?　美湖もそういう経験あるの?」

「あたしは、万引きをちょっと」

「美湖、万引きしたことあるの?」

「ううん。あたしじゃなくてあたしの友達がね――」

　私の嘘のせいで、美湖は自分の過去の過ちを急に懺悔《ざんげ》し始めた。ちょっと引くくらいヘビーな話だったけど、もしかしたら私のために咄嗟《とっさ》に嘘をついてくれたのかもしれない。なんだか申しわけない気持ちになって途中で、もう大丈夫だよと言った。

お昼になると、虚しさが増す。周りにいる人が楽しそうだからだろうか。お母さんの作ってくれたお弁当を一人で食べていると、涙が出そうになる。正直、お弁当なんて持たせられても困る。だって私には、お昼を一緒に食べる友達なんていないし、友達を作る気もないのだから。街が一望できる屋上で、ため息をつきながら黙々と食べる。きっと、周りからは変な目で見られてるんだろうな。

時折、美湖からのＬＩＮＥで気が紛れることはある。『学校でぼっちだよ』と涙の絵文字を見るたびに、同情した。私だって一人だよ、と送りたいのを我慢する。美湖にとって、私は素敵な女の子でいないといけないから。

例のノートを開いてお母さんからの指示を見つめる。

——彼と付き合っていることを自慢しなさい。そして、あの子に譲ってあげなさい。

夕方、駅で美湖と待ち合わせをした。そこに偶然、福田が現れるというシナリオだ。

「柊くん。何してるの？」

「迎えに来たよ」

美湖は、笑顔で手を振る。

彼の視線は、美湖を通り過ぎて私だけに向かっている。

「……」

どうしていいかわからず、とりあえず歩き出す。

「待てよ、栄子」

恋愛ドラマよろしく、福田は私の手首をぐいっと引っ張った。

「人が見てるんで」小声で言って、彼の手を振りほどいた。

「あのー。あたしのこと、ちゃんと見えてます？」

美湖が私たちの間に割って入ってくる。

「おー、美湖ちゃん」

福田は、わざとらしく驚いてみせた。

「なんで、柊くんが栄子のこと迎えにきたの？　今日、カテキョの日だっけ」

「あれ？　もしかして言ってないの？」

福田は大きく目を見開いて、私に訊ねる。

「言ってないって何が？　なんのこと？」

美湖は、私と福田を交互に見る。

「俺たち、付き合ってるんだ」

「え？　いつから？　そんなの聞いてないよ」

「いつからっていうか、まあ自然とそうなったって感じかな」

「本当なの？」

美湖が確かめてくる。

「……」沈黙したまま、福田を睨みつけた。お母さんからの指示とはいえ、こんな茶番、やりたくない。

「ねえ、なんで何も言ってくれないの？　ちゃんと栄子の口から言ってよ」

美湖は、ねっとりとからみつく声で訊いてくる。

「ごめんね。美湖。言うタイミングがなくてさ」答えながら、罪悪感に押しつぶされそうだった。

「柊くん、いつから栄子のこと好きなの？」

美湖はニコニコと笑っていたけど、瞳の奥は冷たかった。好奇心とはべつのもの、それは乙女の感情だ。

なんで、私はこの男と手をつないで歩いているのだろう。結局、私はお母さんに逆らえない。

「そういうのはさ、自分ではわからないよ。気付いたら好きになってた」

福田は、平気な顔で美湖の質問を躱す。

「じゃ、栄子は？　あたしに、一度も相談してくれたことないじゃん」

美湖は、私を責めるように訊いた。相談するも何もこの男のことが好きではないのだから、相談のしようがないのに。お母さんに言われたからなんて、美湖に言えるわけがない。

「ごめんね。美湖」

「でも、言ってほしかったな」

「ごめん」ただ、平謝りするしかない自分が滑稽に思えた。

「柊くん、あたしに栄子のこといろいろ相談してきてたんだよ。告られて困ってる。どうしようかなーって」

「え？」

私は、福田を睨みつけると、どういうことだと視線で問う。

「嫌だなー。そんなこと、暴露されるなんて」

福田は、へらへらと笑ってごまかそうとした。

「もし柊くんが先にあたしのカテキョだったら、どうなってたかな」

美湖は、挑発的な態度で迫っている。

「うーん。どうだろう」

福田は、はっきりとしたことは言わない。誰からも好かれたいカマチョな女子みたいな態度でイライラした。私がもう一度睨むと、福田は耳打ちしてきた。「俺に合わせて」と。

「でも、俺は押しの強い子に弱いからなぁ」

私を見るな。

「何？　どういう意味？　変な想像しちゃったじゃん」

美湖は、頬を赤らめて言った。なんだか、私が強引に迫ったみたいな感じで嫌だった。いつまでこんな茶番を続けなければいけないのだろう。

家に帰り着くまで、ほとんど二人と口をきかなかった。適当に笑って相槌《あいづち》を打って凌《しの》いだ。

玄関の扉を閉めて、一気に息を吐いた。苦しかった。嘘をつくのは疲れる。好きでもない人を好きなふりをするのは、家族でもない人と家族のふりをするよりしんどい。

「おかえり」

トイレから出てきた人を見てはっとなる。

「あ、誰かと思った」

新しいお父さんが、スーツを着ていたのだ。

「あー疲れた。今日は、ちょっと出かけてたんだ」

「そう、ですか」

新しいお父さんは何か言いたそうにしていたが、何も訊かずに自室に入った。一人になりたかったのに、福田は遠慮なく部屋に入ってきた。

「栄子ちゃんさ、もう少しうまくやってよ」

「は？」

「いや、だからさ、あの態度はないよ。全然俺のこと好きっぽく見えないじゃん」

「だって……」

「お母さんから言われてるよね？　俺と付き合うようにって」

「それって何が目的なんでしょう？」

「意味や目的なんて考える必要はない。言われたことをやるだけだよ」

「なんでみんな、私には何も教えてくれないの？」怒りを彼にぶつける。

「その方が安全だからだよ。君は意味や目的を知りたがったりせず、素直に従順に知らないふりしてお母さんの言うことを聞いてればいい」

福田は、またわけのわからないことを言う。

「そんなにお金が欲しいんだ。あなたもお金のためならなんでもするんだ」

「誰だってお金は好きでしょ？」

福田は、はぐらかすように私の頭をポンポンと叩くと、「スマホを貸して」と言ってきた。

「何？」と訊く私を無視して、福田は顔を寄せるなりスマホで写真を撮った。

「はい。これを今すぐ美湖ちゃんに送って」

「嫌です」

「イギリスに戻りたいんだよな？　だったら、文句言わずに協力するんだ」

私は、なんでこの男に脅迫されてるんだろう。背筋に汗が滲む。弱みを握られているわけでもないのに、抗えない恐ろしさを感じた。お母さんから漂う鬼気迫るあのぞくりとした冷たさをこの男も持っている。

【少女B】

あたしは、悔しかった。栄子が何も話してくれなかったことにではなく、柊くんを取られたことに。あたしのモノになるかもしれない可能性だって十分あったはずだ。

あとちょっとだったのに……。クレーンゲームで一度つかんだのに落としてしまったぬいぐるみを諦めたときの感情に似ていた。あと少しで取れたかもしれないのにって唇を噛んでいるかのような。

そのとき、ようやく自分の気持ちがはっきりした。あたしは、いつからか柊くんのことを好きになっていた。栄子の好きな人だから、と抑えれば抑えるほど、彼のことが気になって仕方なかった。

柊くんとの思い出が一気に頭を駆け巡る。毎朝、エントランスで交わした何気ない言葉。近所のファストフード店でお茶をしたときの雰囲気。急に、目頭が熱くなった。

タイミングを逃したんだ。柊くんは栄子と付き合うことに迷っていた。いや、違う。相談してきたり、どう思う？　なんて意見を求めてきたり、あたしの顔色を窺っていた。矢印はあたしに向いていたかもしれないのに、と思うと、猛烈にパパに対して苛立ちが込み上げてきた。誰かのせいにしなければ、どうにかなりそうだった。いてもたってもいられず、栄子の家から柊くんが出てくるのを待ち伏せた。

「柊くん、おつかれさま」

「あ、美湖ちゃん。どうしたの？」

「カテキョのことなんだけど」

「ああ。ごめんね。なんか無理言って」

「ううん。こっちこそごめん。パパに頼んでるからもうちょっと待って」

「お父さん、どうして反対してるの？　だって、娘の成績が上がるのは嬉しいことじゃない？」

柊くんは、深刻そうに顔を寄せてくる。どうしてそんなにあたしのカテキョをしたいんだろう。

「そうなんだけど、パパは男の先生がダメだって言うの。女子大生ならいいのにーって。へへへ」

笑ってその場を和まそうとした。

「なるほどねー。女子大生か。じゃ、俺が女装してやるってのはどう？」

「え？　冗談でしょ」

「うん。冗談」

柊くんは、目尻に皺をいっぱい寄せて笑う。

そこで、エレベーターからパパが出てきた。もしかしたら、これはいいタイミングなのかもしれない。

「パパおかえり」

「おう。ただいま。そちらは？」

「あ、初めまして、福田と申します」

「ほら、こないだ話したでしょ。家庭教師の先生」

「ああ。お隣さんのね。美湖、家に入りなさい」

パパは冷たく言うと、あたしの腰をぐっと押した。

「ねえ、パパお願い。いいでしょ？　彼に家庭教師頼んで」

「ダメだ」

「なんで？」

「いいから、入りなさい。すみませんね」

パパは、頑として譲らなかった。

あたしは柊くんに挨拶もできないまま、家に押し込まれてしまった。

「パパひどい。なんでダメなの？　男だからダメとか本当意味がわかんない」

「あの男じゃなきゃいけない理由でもあるのか？」

パパは、強い口調で訊いてきた。

「どうしたの？」

廊下で言い合うあたしたちを心配したママが駆け寄ってきた。ママは、いつも以上にメイクが濃い。今日、どこかに出かけていたのだろうか。

「パパが家庭教師ダメだって言うの」

「しょうがないじゃない。パパは、美湖に変な虫がつくのが嫌なのよ」

「しゅ……、福田先生は変な人じゃないもん。ママだって知ってるでしょ？」

「そうねぇ。でも、パパがダメだって言うならしょうがないわ」

前だったら、あたしに味方してくれたはずなのに、ママは心ここにあらずという感じだ。さっきから、スマホばかり気にしている。

「もういい」

あたしは、お風呂場へ向かった。脱衣所で制服を脱ぎ、ブラジャーを外す。洗濯用ネットを手に取り、ファスナーを開けた。ブラジャーを入れようとしたら、中にストッキングが入っていた。普段なら気にならないのに、その時は嫌な予感がした。ママは、ズボラな人だから、ストッキングを洗うときに洗濯用ネットを使わないことが多い。高級ストッキングを洗うときは気を付ける、と以前言っていたのを思い出した。つまり、今日は高級ストッキングを穿いたということだろう。さっきの濃いめのメイクから考えて、やはりどこかへ出かけたんだ。誰と？まさか、栄子パパ？　違う違う、と自分に言い聞かせる。

なんだか、あたしだけがついていない気がしてイライラした。湯船に深く深く浸かって、気持ちまでしずめようとしたけどおさまらなかった。

翌日から、栄子の彼氏自慢が始まった。訊いてもいないのに、ぺらぺらと物語を朗読するかのような滑らかさで話す。相槌を打つ間もない。見せて、と言ったわけでもないのにツーショット写真を見せびらかされてうんざりした。

学校に着いても、それは続いた。ＬＩＮＥでののろけなんて地獄でしかない。スルーしても送られてくる。あまりに鬱陶《うっとう》しくて、電源を切って過ごした。

今日は二人でサークルに来たのだが、ここでもみんなに彼氏ができたと話していた。久しぶりにサークルに行こうと誘われたときから、何かあるとは思っていたけど、こんなあからさまに自慢されるのは不愉快だ。放課後のサークルはあたしの居場所だったのに。せっかく、あたしが作り上げた場所なのに。取らないで、あたしにはここしかないのに。心が張り裂けそうに苦しいよ。当たり前のことだけど、自分の好きな人が自分のことを好きになってくれるなんて、本当に奇跡みたいなことなんだなと思った。

毎日毎日毎日。耳にタコとはこのことだろう。もういいよ、お腹いっぱいだよ。それくらい栄子はあたしに自慢しまくった。

サークルの子たちが柊くんの写真を見て「かっこいい」と言うたびに、胃がきゅっと痛んだ。

ああ、その羨望のまなざしは、あたしに向けられたかもしれないのに。

なんで栄子なの？　本当は、あたしだったかもしれないのに。

ああ、そうだ。パパだ。パパのせいだ。パパを恨もう。

そんな歪んだ思いが通じたのかはわからない。帰宅すると、リビングのソファに柊くんが座っていた。パパとビールなんか飲んだりして。

「おかえり。美湖」

「え？　いったいどういうこと？」あたしは、わけがわからず立ち尽くす。

パパの目の前に座った柊くんがこちらに視線を向けた。

「お邪魔してます」

「なんで、柊くんがうちにいるの？」

「まあ、いろいろあってな。なあ、福田くん」

パパは完全に酔っぱらっていて、顔が真っ赤だ。

「ママ、これはいったいどういうことなの？」

キッチンに立っているママに訊ねた。

「実は、帰りの電車内でパパが痴漢に間違われたらしいのよ。それを、福田さんが助けてくれたそうで」

「パパが痴漢？　それを柊くんが助けたって、どうやって」

あたしは、いつか観た映画のタイトルが浮かんだ。『それでもボクはやってない』。たしかあの映画は、痴漢をしていないことを証明しようと頑張ったけど、認めてもらえなかったという内容ではなかっただろうか。それほどまでに、痴漢の冤罪《えんざい》を立証することは難しいと聞いたことがある。

「パパは全然記憶にないみたいだけど、パパの近くに女子大生が乗ってたらしいのよ。その女子大生が急に『おっさん、ふざけんなよ』って騒ぎ出して、近くの駅で降ろされたんだって。痴漢ですって叫ばれてすごく困ってたら、そこに、たまたま居合わせた福田さんが見かけて声をかけてくださったんだって。『この人はやってませんよ』とかなんとか言ってくれたらしくて、大事にはならずに済んだそうよ」

ママは、眉間に皺を寄せ、やや嫌悪感を露わにしながら話した。

「女子大生のお尻をパパが触ったの？」想像するだけでぞっとする。

「いや、だから、パパはやってないわよ」

「でもさ、柊くんは本当にその現場を見たわけじゃないんだよね？　たまたま知り合いだったから、そう言ってくれただけなんじゃないの？」

「美湖、パパが痴漢したと思ってるの？」

ママは、真剣な表情で訊いてきた。

「だって……」

あたしは、パパが女子大生なら家庭教師に来てもいいと言ったときの表情を思い出していた。冗談ぽく言ってはいたけど、おじさんの下心が透けて見えて気持ち悪いと感じた。

おじさんは、若い女が好き。その事実をあたしはいつの間にか刷り込まれていた。若さが商品になることも身をもって知っている。こないだ、百均で買った未使用のパンツを五千円で買ってくれたおじさんがいた。自分の父親だけは違う。そう思っていたのに、いざ容疑をかけられたパパを目の前にして、信じきれない自分がいる。

「でも、良かったじゃない。これで、福田さんがうちに家庭教師に来てくれることになったんだから」

「え？　本当なの？」

「うん。さっき、そう話してるのが聞こえたわよ」

胸がざわついた。偶然は、願って起こるもんじゃない。じゃ、これは奇跡なの？　素直に嬉しいとは思えなかった。何かが変。夢でも見ているような感覚だった。昨日まで頑なにダメだと言っていたパパが柊くんと笑っている。

神様は、あたしの味方ですか？

【少女A】

「ケンカしてるってことにしようか」

福田の提案は、いつも唐突だ。

「じゃ、原因は、何にします?」投げやりに訊いてみる。

「君のヤキモチでいいんじゃないかな。俺と美湖ちゃんの関係に」

福田の態度は、高圧的で私をイライラさせた。

「あなた、私の知らないところで、美湖にいろいろ吹き込んでるみたいですね」

「吹き込んでるなんて人聞きが悪いな。まるで、催眠術師みたいだ」

「いいえ。詐欺師ですよ、あなたは」

絶対に男の家庭教師はダメだと言っていた美湖パパが、突然この男を受け入れたというのだ。どんな手を使ったのかは、教えてくれなかった。美湖にも訊いたが、よくわからないと言われてしまった。

「褒め言葉として捉えておくよ」

「なんで美湖があなたを好きになったのか、私にはわかりませんけど」

「人が好意を持つのは見た目が九割。そのうち二割は他の情報からの印象だ。そして、どういう出会い方をするかが重要となってくる。もし俺が君の兄貴で、引きこもりで、見た目が小汚かったら、好きにはなってもらえなかっただろうね」

いまいちピンと来ないたとえだった。いくら仮の話だとしても、想像すると、ぞっとする。私は、ずっと一人っ子だ。兄弟がほしいなんて思ったことは一度もない。

ただ、この男が言いたかったのはそこじゃない。見た目、評判、出会い方のうち、異質なのは最後の項目だ。

「つまり、私の好きな人だから、美湖はあなたを好きになったと。そういうことですか？」

「イエス」人差し指を突き出して微笑む。「簡単なことだよ。人は、人が大切にしてるものが欲しくなる生き物だからね。君が大切にすればするほど俺の価値はあがるし、美湖ちゃんは俺のことがほしくなる」

「理屈はそうかもしれないけど」

「それに、君は常に人を疑って見るクセがある。一方、美湖ちゃんは素直だ。人を疑うことをしない。良く言えばピュアで、悪く言えばバカだ」

「否定はしません」

それ以上やりとりするのも面倒になって、吐き捨てるように言った。

「とりあえず、ケンカしてるってことにしよう。後は、こっちでうまくやるから、君は何もしなくていい」

「うまくやるって、何を？」

「いつの間にか、俺が君から美湖ちゃんに心変わりしてしまったという流れを作る。そしたら君は、お母さんに言われた『あの子に譲ってあげなさい』というミッションをクリアしたことになる」

「どうしてそのことを？」

私は、机の上のノートに視線をやった。

「もしかして、読んだんですか？」

「だって、俺は君のボディガードだからね」

福田はいつになく柔らかい笑みを見せると、ベッドに寝転がった。いつ読まれたのだろうと考えると、いつでも可能だったことに気付いて、はっとなった。トイレに行ったり、飲み物を取りに行っている間、この部屋は無防備になる。

「まさか、私のために？　協力してくれてたんですか？」

「ふふふ」またしても柔らかい笑み。

力を抜いた福田の表情に、今まで疑っていた気持ちが僅かに揺れた。

「え？　じゃあ、今までのことも全部？」

そう考えると、いろいろと腑に落ちる点はある。だけど、本当に信用していいのだろうか。

「俺のこと、好きになるなよ」

福田は、ふざけた口調で言った。

やっぱり、よくわからない男だ。


【少女B】


柊くんがうちに家庭教師としてやってくるようになって二週間が経つ。今まで苦痛だった勉強が楽しいと感じるのは、柊くんのおかげだろう。期末テストまで時間はない。ここで良い点数を取らないと、夏休みの赤点補習に参加しなければいけなくなる。それだけは避けたい。

問題集をひたすら解いていく。柊くんは、解答を見ながら答え合わせをするだけで、これといった指導はしない。

約一時間、あたしの部屋で二人きり。ママはリビングにいて、あたしの部屋に勝手に入ってくることはない。ドキドキしながら、時間が過ぎる。

「あの、栄子とのケンカどうなりました？」

最近うまくいっていないということは、栄子の方からちょくちょく聞かされていた。

「あ、うん。ごめんね、なんか心配かけちゃって」

「ううん。なんか、あたしのせいかなって」

「栄子がそんなこと言ったの？」

柊くんの顔が近づいてくる。

「そうじゃないけど。あたしのカテキョになったことで、栄子がヤキモチ妬いてるんじゃないかなって」

「そうなんだよ」

柊くんは、ごろんとあたしのベッドに寝転がった。

「でも、あたし以外にも生徒さんいるって前に言ってたよね？」

「ああ、でも、他のお宅は全員男だから」

「なるほど。そういうことか」

どこか、ほっとしている自分がいた。

「俺さ、いっつも美湖ちゃんに相談乗ってもらってるよね」

「ふふふ。言われてみれば、そうだね。でも、あたしは嬉しいよ。どんどん相談してもらって大丈夫だから」

「マジで？　助かるー。実はさ、栄子、ああ見えてネチネチした性格でさー。俺のスマホとか勝手に覗くの。指紋認証にしてんだけど、俺が寝てるときにこっそりＬＩＮＥ見たりしてさ」

「えー。やばっ」

「なぁ？　ちょっと、引くだろ？」

柊くんは、急に栄子のことを愚痴りだした。想像以上に、不満が溜まっているようだ。思わず、鼻で笑いそうになった。もしかしたらって期待してしまう。

「あたしなら、そんなことしないけどな。だって、好きな人のことは信じたいもん」

そっと、ベッドに腰かける。

「だよな、だよな。そういう女の子が絶対いいから」

柊くんは頷きながら、あたしの目をじっと見つめて言ってくる。

「別れちゃえば？」

つい、口走ってしまった。

「え……」

妙な沈黙の中、お互いの視線が絡み合った。すん、と時が止まったみたいにあたしたちは見つめ合っていた。

「あたしだったら、柊くんにそんな思いさせないのに」

「美湖ちゃん……」

柊くんは起き上がると、優しくあたしの頭を撫でた。この人は、優しくてズルい。でも、もう自分の気持ちは決まっていた。栄子に悪いなんて一ミリも感じていない自分に驚くこともなく、ただこの人が欲しいと思った。

「別れちゃいなよ」

畳みかけるように言う。

「いや、でも、別れたりしたら気まずくなるじゃん。カテキョもしてるわけだし、同じマンションだしさ。美湖ちゃんだって、ね？」

こっちに委ねないで早く言ってよ。意味深な言葉じゃなくてちゃんとした告白を待ってるのに。

「あたしは、平気だよ」

「美湖ちゃん、こんな俺と付き合ってくれるの？」

「うん」

「俺、実は美湖ちゃんのこと、前から好きだったんだ……」

「うん」

あたしは勝利の笑みを浮かべ、彼を見つめる。

「あ、なんか俺、ひどい男みたいに映ってない？」

「そんなことないよ。好きってそういうもんだよ」

「そうだよな。でも、どうしよう。気まずいな」

「じゃ、カテキョ辞めちゃえば？」

「マジで言ってる？　でも、アリかもな。カテキョ辞めてしまえば、そうそう会うこともなくなるか。栄子の方からやめたいって言わせればいいか」

「そうしよ。あたしは、柊くんがいればそれでいい」

ぎゅっと、体を抱きしめられた。心地よい感触に蕩《とろ》けそうになる。

【少女A】


『ミッション成功』

福田からのLINEを確認すると、私は例のノートに書き記した。

ふーっと大きなため息をつく。私は、何をやっているのだろう。

キッチンカウンターにノートを置いた。お母さんは、今日も帰りが遅い。

新しいお父さんは、最近あまり家に帰ってこなくなった。あんなに、居心地がいいとふんぞり返っていたのに。たまに帰ってきたかと思ったら、お母さんとお金の話をしていた。この人ももうすぐいなくなるんだろうなと、ぼんやり思った。前のお父さんのときもそうだった。お金のことで揉めだしたら、出ていくサインなのだ。

誰もいない家の中で私がすることは一つ。〝連絡帳〟を捜すことだ。それを見つけたら、きっと私もここを出ていくことになるだろう。お母さんの秘密が書かれたノートを家中の引き出しを漁って捜しまくった。リビング、キッチン、風呂場、納戸、押し入れ。どこを捜しても見つけることはできなかった。

お母さんがいつも見ていたアルバムもなかった。幸せだった頃の写真。私が見ようとすると嫌がるあの中に、お母さんの大切なものがつまっている。

どこに、隠しているのだろう？　私なら、どこに隠すかな。出し入れはしやすい方がいいけれど、すぐに見つかるようなところには置きたくない。連絡帳というのは、仕事で使うようなものだろうか。それとも個人的なことが綴られた学校の時間割のようなものだろうか。どちらにしても、そう大きくはないと踏んだ。それなら、お母さんが普段よく使っている鞄にも入るだろう。肌身離さず持ち歩きたいほど大切なことが書かれているということか。どうりで、いくら捜しても見つからないわけだ。一旦、お母さんが帰ってくるのを待とう。

十時を過ぎた頃、お母さんは帰ってきた。私は、自室で息をひそめて待っていた。お母さんが眠りにつくのを。

深夜一時。お母さんの部屋のドアが閉まる音がした。そっと部屋を出ると、リビングの電気を点けた。お母さんのアイスグレーの鞄は見当たらない。おそらく、部屋だな。ちきしょう、と胸の中で叫ぶ。

何かないだろうかと、リビングを見回した。お母さんの着ていた黒のスーツが、ハンガーにかけられていた。近づくと、懐かしい匂いがした。タバコの匂いだ。そういえば死んだお父さんも、ヘビースモーカーだった。お母さんはタバコを吸わないはずだ。どこで付いたものだろう。それと、微かにお線香の匂いがした。サークルの部屋で焚かれているあのお香とは違う、昔ながらのお線香の匂い。

　翌朝、お母さんは私の顔を見るなり「よくできました」と言って例のノートを渡してきた。捜しているのはこれじゃない。どこに隠しているんだ、連絡帳を。

「福田さんを美湖に譲るってどういう目的があるんですか？　最初から、彼が美湖と付き合うようにするだけではダメだったんですか？」

　なんで私はこんなしょうもない質問をしているのだろう。訊きたいことは他にあるのに。

「だって、あの子が〝泥棒猫〟だってことを証明しないと意味がないんだもの」

　わけのわからない返答に混乱した。泥棒猫とは、学校で美湖が噂されていたことではないか。まさか、それを仕組んだのも、お母さん？

　この人の最終目的はなんだ？

　ノートを開くと、アザミのスケッチがページ一面に描かれていた。『報復』という花言葉を思い出した。アザミの横に書き添えられた赤い文字を見て、ぞっとした。

第三章　『あの子に嫌われなさい』

【少女B】

七月に入った。期末試験が終われば、夏休みだ。そしたら、柊くんとたくさん遊べる。柊くんと付き合いだしてから、なんだかいろいろと調子がいい。学校内もサークル内も、家の中だって、ぱあっと明るくなった。きっと、あたしの中で何かが動き始めたんだと思う。今までの自分との決別。素敵な女の子になれたような晴れやかな気持ち。

一つ気がかりなのは栄子のこと。

気まずくないと言ったら嘘になる。だって、あたしは栄子から奪ったんだもん。柊くんは、栄子の家庭教師を辞め、マンションを出て行った。近くのアパートで独り暮らしを始めたのだ。栄子が家にいる時間帯を見計らって柊くんにうちに来てもらえば、二人が鉢合わせすることもない。今のところ、何も問題はない。なさすぎて、恐縮してしまうくらいうまくいっている。

栄子には、あたしからではなく柊くんの口から伝えてもらうことにした。どのようなやり取りをしたかはわからないけど、別れるのに相当苦労したんじゃないだろうか。栄子は、翌日から一週間ほど学校を休んだらしい。さすがに、あたしも胸が痛んだ。

だけど、その次に会ったときは向こうから「ごめんね」と謝ってきたので面食らった。「なんか、私のお古をあげるみたいで申しわけないけど」と強がって言われたときは、「はぁ？」と睨んでやった。

だけど、それくらいでいいとあたしは思う。盗られたと思うより、譲ってあげたと思う方が心は幾分か軽くなるだろうから。ここはあたしが我慢してあげる。

気付けばどちらともなく、自然と口をきかなくなったし、朝の電車も別々になった。偶然会えば当たり障りなく言葉を交わすけれど、それもなんか義務的なもので、完全に溝ができてしまったことはやむを得なかった。女子同士ってこんなもんだよねって割り切ってしまえば大したことはない。嫌われてもいいから、あたしは柊くんがほしかった。だから、後悔はしていない。

パパには、付き合っていることは内緒だ。ママにこっそりと伝えると、「良かったわね」と笑っていた。この頃、ママはよく出かける。お花の教室も大盛況で、懐もずいぶんと潤っているらしく、毎日が楽しそうだ。ネットの記事にママのお花の教室が紹介されたことで、生徒さんの人数もぐっと増えた。少し前に、栄子パパは教室を辞めたらしい。

あたしと栄子が不仲になった途端、隣の家族との交流は全くなくなってしまった。ママ同士も仲良くしているそぶりはない。栄子パパがこそこそうちに遊びに来ている様子もない。あれは、ママの一時の気の迷いだったか、あたしの勘違いだったんだろう。

柊くんが言っていたネットの掲示板は、探したけど結局見つからなかった。マンションの人がなんとなく避けているような雰囲気はあったけど、元々そこまで交流があったわけじゃないから、気にしなければ平気だ。強いて挙げるなら、エントランスの掃除をしているおばあさんにシカトされるくらい。あたしが直接被害にあったことは一度もない。人の噂も七十五日って言うし、きっともう何も問題はないだろう。清々しいほど穏やかで楽しい毎日。リア充ってこういうことを言うのかもしれない。

誰かに自慢したくなった。だけど、学校の友達には言えないから毎日Twitterに書き綴った。柊くんに、「Twitterしてるの？」と訊かれてちょっと焦ったけど、べつにあたしの名前を公表してるわけでも写真を載せてるわけでもないからいいかと思って、アカウントを教えることにした。柊くんは画面をスクロールしながら、「照れるけど嬉しいよ」と言ってくれた。

「これからも書いていいかな？」

「もちろんだよ。じゃあさあ、俺がいつでも見られるようにアプリ連携しとこうよ」

「あ、うん」

なんだかよくわからないけれど、柊くんの言うとおりにした。

「オッケー。これでいつでも美湖ちゃんのつぶやきが見られる」

柊くんの笑顔に癒《いや》される。ごろごろとベッドに寝転がって、イチャイチャする。

束の間の幸せはあっという間に去って行く。

月曜日の憂鬱《ゆううつ》は、片頭痛とともにやってくる。

自分の席についた瞬間、ＬＩＮＥが鳴った。送られてきたＵＲＬを開くととんでもないものが目に飛び込んできた。

『黒崎美湖は私からお父さんを奪いました』

という書き込みとともに写真が投稿されていた。おじさんと私が親しげに話をしている写真だ。

頭が真っ白になる。いつ撮られたものかも、そのおじさんが誰なのかも覚えていない。あのサークルで知り合った客だという以外わからない。

みんなの視線があたしを突き刺してくる。悪夢が甦る。あの辛かった日々を思い出していた。これじゃ、『泥棒猫』の噂が真実味を増してしまうじゃないか。

「きもい」「ぶすのくせに」「汚い」「ふけつ」「マジなんだ」「やばすぎ」

教室中から聞こえてくる声に耳を塞ぐ。そうなってから、自分の愚行を後悔してももう遅い。浮かれてた、なんていいわけが通用するわけがない。心臓がばくばくと鳴る。容易に想像できる世界は明るくない。誰がこんなことを？　泥棒猫は、ママじゃなくてあたしのことだったの？　どうすればいい。どうすれば回避できるだろう。たった数秒でさまざまなことがあたしの脳裏を過《よぎ》った。

机に顔を伏せ、考える。背中をぽんぽんと叩かれて振り返ると、近藤さんが立っていた。

「黒崎さん、アウトー」

と親指を突き出した。変な笑みを浮かべてバラエティ番組の真似事なんてやめてよ。

どうしようどうしよう、心臓の鼓動だけが聞こえていた。

こんな書き込み、思い当たる人物は一人しかいなかった。栄子しか考えられない。『泥棒猫』の書き込みがあったのは、確か、うちのママと栄子のパパが親しくなった頃だ。栄子も疑っていたのだろう。自分の父親を盗られてしまったと。そして、極め付きが柊くんのこと。まさか、自分が盗られるなんて考えもしなかっただろう。だからと言って、やり方が汚すぎる。あたしのテリトリーを荒らすな。

放課後会える？ とLINEを送ると、サークルで待ってると返ってきた。仕方がない。ここは、戦うしかないだろう。どんなに学校で変な噂を立てられようと、あたしは柊くんと別れる気はない。

放課後までの時間は耐え難い苦痛だった。誰一人、味方がいない。こないだまで愚痴をこぼしていた親友は今、あたしの敵だ。深く息を吸って、サークルのドアを開けた。

優雅にソファでお茶を飲んでいるいつメンに、「栄子は？」と訊ねた。

「あー、泥棒猫さんの登場だよー」

R子ちゃんが言う。

「調子に乗ってんじゃねーよ、ぶーす」

M美ちゃんが言う。

なんで?

そこに、栄子の姿はなかった。背中が波を打つようにぞくぞくっとする。マジックミラーの向こうにいる正体不明の誰かがこっちを見ている。あっちからもこっちからも視線を容赦なく突き刺してくる。

この期に及んで「助けて」なんて、神様はきっと言うことを聞いてくれないだろう。


【少女A】


——あの子に嫌われなさい。

いったいどういう意味だ。ここ最近ずっとこの言葉が書き添えられている。

そんなことしなくても、私と美湖は今までのような関係ではなくなってしまった。わざわざ嫌われるようなことをしなくても、離れていくのは時間の問題だ。『仲良くなりなさい』から始まって『嫌われなさい』に至るのに、どんな意図があるのだろう。そもそも、お母さんと美湖は、いったいどんな関係なのか。私を使って美湖をコントロールしようとしているのは、これまでの行動でわかった。だけど、そこから先が皆目見当がつかない。美湖だけではなく、黒崎家全体に対して何か強い執念を感じる。ただ、もしそうなるような事があったとしたら、黒崎家の誰かが気付くだろう。しかし、元々、知り合いではなかったとしたら。一方的にお母さんの思いが膨らんでいったのだとしたら……。

早急に、連絡帳を捜そう。就寝時、部屋にこっそり侵入して中を調べるというのは難しい。トイレの時間は短すぎる。となると、お風呂に入っている数十分間しかない。メイクを落として洗顔して、シャワーを浴びて体を拭いて出てくるまで約三十分。早くて二十分といったところか。髪を乾かすのもスキンケアも脱衣所でしてくれたらいいのに。

お母さんは九時帰宅。食事を摂らずにお風呂場へ向かう。ドアが閉まるのを確認すると、ダイニングチェアの上に置かれたバッグを漁った。たくさんのポケットでわかれていて、書類やファイルがすぐ目についた。仕事で使うものなのだろう。革素材の財布と手帳もすぐに見つかった。連絡帳はどこだ。バインダーの中に挟まっていないか捜してみた。ダメだ、ない。

さらに、バッグの中を丁寧に見ていく。そこで、「タイムくん」と書かれた緑色のノートを見つけた。

『景朋中学、二年、篠宮《ささみや》ユリカ』

いったい誰の名前だろう。中を開いた。時間割、持ち物、連絡、天気、予定、今日の記録。それは、正真正銘の連絡帳だった。生徒が生活記録を書くために学校から配られるもので、私も昔書いていた記憶がある。

見つかったはいいが、ゆっくり中を読んでいる時間はない。ざっと見て、またの機会にしよう。二年前の四月九日からスタートしていること、これを書いた人物が繊細な性格であったこと、目標が図書委員長になること等がわかった。

お風呂のドアが開く音がした。そろそろ、お母さんが出てくる。私は、連絡帳をバッグに戻した。

すぐに学校名を検索してみたが、同じ名前の中学がいくつかあって特定できなかった。次に、名前を入力して検索する。ＳＮＳに本名で登録していたらヒットするかもしれない。と思ったが、篠宮ユリカという名前の中学生の情報は何も得られなかった。

お母さんがこの連絡帳を持っている意味を考える。篠宮ユリカが誰なのか。そして、美湖との関係性を考えてみた。

ふと、新しいお父さんとの会話を思い出していた。

『由布子さんの最初のご主人がなんで死んだか知ってる？』

『事故、ですよね』

『へえ、そうなんだ』

お母さんが事故だと言ったから私はそのまま信じてしまったけど、事故ではないとしたら……。アルバムの中の人、つまりお母さんの大事な人は、誰かに殺された？　それが黒崎家とつながっているとしたら……。

黒崎家への報復を示唆するために贈った、アザミをモチーフとした絵。

背中が凍りつくように冷たかった。

もしかして私は、お母さんの復讐に利用されている？

「栄子ちゃん？」

お母さんの声にぞくりとして振り返る。

「はいっ」声が裏返った。

「あなた、いじめの経験はある？」

「小さい頃に少し、いじめられたことがあります」

「いじめる側は？」

「ありませんよ」

「そう。でも、大丈夫よ。人をいじめるのって楽しいから」

お母さんの言葉は、不自然なほどに感情がこもっていない。何かを押し殺したような物言い。

音声ガイダンスの機械みたいだ。

「嫌われるようにするのと、いじめるのは違いますよね？　そんなことしなくても、美湖はもう私のこと嫌いだと思いますけど」

「明日、サークルに行ったらみんなにこう言うの。『美湖に彼氏を盗られた』って」

「盗られたんじゃなくて、譲ったんじゃありませんか？」

「いいから、そう言いなさい」

「それで、美湖が〝泥棒猫〟と言われていじめられれば、あなたは満足するんですか？　そんなことしたくありません」

「まあいいわ。あなたにはきっと難しいと、最初から思ってたから」

「どういうことですか？」

「とりあえず、夏休みまではおとなしくしててね。何がなんでも」

「あの、福田さんには月にいくら払ってたんですか？」

「なんで、そんなこと知りたいの？」

「単純に、いくらだったのかちょっと気になって。ちょっと変わった契約方法だったみたいだから」

お母さんの反応が知りたくて、訊いてみた。この人のお金の出どころが気になる。女手一つでこんなに高級なマンションの家賃を払い、ヒモのような夫を飼いならし、家庭教師まで雇っているなんて。

「そんなに気になるなら、今度あなたに振り込みに行ってもらおうかしら」

そう言うと、お母さんは自室に入っていった。

――夫の保険金。ふと、そんなことが頭を過った。

お母さんの望む形で、美湖へのいじめはスタートした。学校のいじめに加えてサークル内でも。あからさまなシカト、陰口、わかりやすい嫌がらせ。小さな世界で起こるそれは、容赦なく当事者を追い詰める。孤独と恐怖。もし自分だったらと想像するだけで、ぞっとした。

連絡帳のあの子――篠宮ユリカは、美湖にいじめられた過去でもあるのだろうか。それは、お母さんの大事な人の死にどう関係しているのだろう。

マジックミラー越しに、美湖を見ていた。お母さんに観察してくるように言われたからだ。彼女の驚いた顔や悲しむ顔をスケッチでもするかのように眺めていた。「あー、泥棒猫さんの登場だよー」「調子に乗ってんじゃねーよ、ぶーす」と罵《ののし》られている。今にも泣きそうな美湖が立ち尽くす。

こんな作りになっていたのか、と区切られたスペースのへりに背中をもたせかける。お母さんはここで私を見つけたんだと思うと、ゾッとした。無防備な少女たちの生態を見るだけで発生する高額な覗き料。世の中には、お金を儲ける手段がたくさんあるのに、知らずに生きていく人たちの方が圧倒的に多い。くだらない、と呟いて仕切りを出た。

私はサークルを出るとすぐに、福田に電話した。

「あの、美湖が今大変なことになってるんですけど」

「知ってるよ。美湖ちゃんからずーっとLINEがくるから」

「こうなること、予想できましたよね？　なのに、どうして？　なんでもっと配慮できなかったんですか？」

「したよ」

「え？」

「だから、こうなるように配慮したって言ってるんだよ」

美湖がいじめられるように仕向けたということか。この男は、私のノートを読んで間違った方向に行かないように導いてくれているのかと思っていた。でも、やっぱり本当はお母さんの手下でしかなかった。ほんの少しでも信用した自分がバカみたい。

「あなたは、いったい何者なの？」

「もうすぐわかるよ」

「景朋中学の篠宮ユリカって知ってますか？」

「へえ。やっぱり君は賢いね。そこまでたどり着いたんだ。大丈夫だよ。君のことは俺が守るから」

福田は驚きもせずに、いつもの調子で淡々と話す。予《あらかじ》め想定していたかのような反応にこちらが驚いた。

「まだ何かあるんですか？」

「君がすべてを知ってこの復讐を止めることができるなら、それでもいいと思ってる。お母さんを犯罪者にしたくはないからね」

「ちょっと待って。お母さんを犯罪者にってどういうこと?」

「これ以上は言えないなぁ」

そこで、電話は切れた。

スマホをタップする。〝景朋中学〟〝事故〟〝事件〟と入力すると、千葉の学校が一件ヒットした。三ヶ月ほど前に景朋中学校の教師──真壁亜里沙《ありさ》──が変死体で見つかったという情報が出てきた。生徒らしき人物のTwitterだった。さらに調べてみると、自殺であることが司法解剖でわかったらしい。仕事でのストレスが原因か、と書かれている。引用リツイートされたものを見てみると、元生徒と思われるアカウントでのやりとりがいくつか出てきた。このことは、篠宮ユリカと何か関係があるのだろうか。いや、でもあの連絡帳は二年前のものだった。

住所を検索して、ここからどのくらいで行けるのか調べてみた。一時間半ほどで行けることがわかった。お母さんのスーツのお線香の匂い、あれはいったい……。

散らばった点と点を繋《つな》げていく。篠宮ユリカの正体。お母さんの大事な人の死が事故ではなく事件の可能性があること。福田とお母さんの関係。黒崎家との関係。お母さんの最終目的。自殺した教師の謎。連絡帳の秘密。

まだ、パズルのピースが足りない。

【少女B】

柊くん柊くん柊くん……。あたしには彼しかいなかった。彼がいればそれだけでいいと思った。だから、耐えられた。学校でいじめられていることで、彼は今まで以上に優しくしてくれたし、あたしの話もたくさん聞いてくれた。

帰宅すると、ママは放心状態で座っていた。

「ただいま。ママ？　どうしたの？」

ようやくあたしに気付いたママがぎょろっとした目で見つめてきた。

「あ、おかえり」

「ねえ、ママ。カテキョのことなんだけどさ、あたしが柊くんの家に行くってのはどうかな？」

「……」

返事がない。ママの顔は、青白くてげっそりしている。何があったのだろう。

「どうしたの？　大丈夫？」

ママは、スマホをあたしに差し出した。画面を見ると、ママのインスタのコメント欄が映し出されていた。

『嘘つき』『大ぼら吹き』『詐欺』『ゲス不倫』

誹謗中傷の数々が書き込まれている。あまりに辛辣なコメントに目を覆いたくなるほどだ。

「なんでこんなことに？」

「バレたの。こないだネット記事に掲載されたとき、ちょっと経歴を盛ったの。受賞していないコンクールの名前を出したりね」

「えっ。なんでそんなことしたの？」

「由布子さんに言われたのよ。プロフィールは華やかな方がいいわよって」

「はあ？　つまり、嘘ついたってことよね？」

「まさか、バレるなんて思わなかったから」

あたしの頭を過ったのは、『黒崎美湖は泥棒猫』『黒崎美湖は嘘つきで大ぼら吹き』という噂だ。あのときは、違うって跳ね返せたものが、今となっては真実と化している。なんでこんなことになったんだろう。

「ねえ、不倫って何？　やっぱり、栄子のパパと何かあったの？」

「ないわよ」

「本当に？　じゃあ、なんでインスタのコメ欄にこんなこと書きこまれてるのよ」

「何回か外で食事をしたことはあるけど、それ以外のことは何もないわ」

一線を越えなければ不倫じゃない、というアレか。

「それってさ、事実がどうかじゃなくて傍《はた》から見てどうかってことが重要なんじゃないの？」

脱衣所で見た、高級ストッキングを思い出す。言いながら、自分とおじさんの写真が思い出されて嫌になる。絶対に、柊くんにバレないようにしないと。

「……どうしよう。パパになんて言おう」

「すぐに、アカウント削除しなよ。ママはべつに有名人じゃないんだから、そのうちおさまるって」

「でも、生徒さんになんて……」

「もう辞めなよ。辞めればいいじゃん」

「そんな簡単に言わないでよ。やっと夢が叶ったのに。これからだったのに」

「しょうがないよ」

「どうしてそんな冷たいことが言えるの？」

ママは、泣き出した。みっともないくらいに、わあわあと取り乱しながら。

「あたしだって、いろいろ大変なのに」

泣きたいのはこっちだよ。逃げ場がないんだから。ママはいいよ。教室を畳めばすむことなんだから。

【少女A】

いつも、お墓参りは雨が降る。「おまえは雨女だからなあ」と声が聞こえてきそうだ。お父さんの月命日には、必ず、大好きだったマールボロ・メンソールのボックスをお墓に供える。

交通事故で亡くなったと聞かされた。高速道路を走っていた車は、ガードレールを突き破ってそのまま県道に落下した。幸い、県道の車には当たらなかった。巻き込まれたわけでも巻き込んだわけでもなく、お父さんの単独事故だった。新聞にもそう書かれていた。

あの日、私はロンドンの街を友人たちと我が物顔で闊歩《かっぽ》していたっけ。お気に入りのブーツを履いてパーティーへ向かう途中、ポケットが振動した。一本の電話が私の人生をここまで変えてしまうなんて、あのときは想像もしていなかった。

「ねえ、お父さん。どうして、死んじゃったの？　私、これからどうすればいいのかな……」

答えなんて返って来ないのに、私は目の前の墓石に話し続けた。

「お、お母さん」

帰ろうと立ち上がった瞬間、背後に気配を感じた。

お父さんのお墓の前で会うのは初めてだった。

「持ってこなくていいのに」

私が供えたタバコを見つめながら、お母さんが呟いた。

お母さんは、お父さんに依存していた。それは、小さい頃からずっと変わらないことで、私は常に寂しさを感じていた。私がお母さんからの愛情を欲しがると「めんどくさい子ね」と吐き捨てた。イギリスへの留学を決めたのも、新しい居場所がほしかったからだ。誰かに必要とされたかった。

「お金はちゃんと振り込んでおくから」

私は、そう告げると、お母さんの表情をちらりと確認する。視線は、まっすぐ墓石を捉えたままで、私には一瞥《いちべつ》もくれなかった。やっぱり、この人と一緒に生活をするのは無理だなと思った。イギリスに、戻りたい。今の目標は、ただそれだけだった。


帰宅すると、珍しくあの男がいた。白のタンクトップにダメージジーンズを合わせ、濃いサングラスをかけていた。

「あ、久しぶり。由布子さんは？」

「朝から、出かけてますよ」

「そうなんだ。お金のこと、何か聞いてる？」

「いえ、私はとくに」

「俺さ、今からここを出て行こうと思うんだけどさ」

ああ、やっぱり。落胆のため息すら、もう出ない。

「任務完了ってわけですか」

「あはは。なかなか、楽しかったよ」

「一つ教えてください。美湖ママとは、何かありましたか？」

「何かって？」

「とぼけないでください。真面目に訊いてるんです」

「強いて言うなら、あったように見せかけたってことかな。実際、何もしていない。俺は、ババアは抱かない主義だ」

どうでもいいプライドを見せつけられてげんなりした。

「本当にそれだけですか？」

「最後だから教えてやる。隣の家のあらゆる場所に盗聴器を仕掛けた」

ヒモ男は、悪びれることもなく、むしろ自慢げに言い放った。

「なるほど。だから、隣の家に頻繁に出入りしていたんですね」

「まあ、最初に仕掛けたのは由布子さんだけど」

「どういうことですか？」

「アザミの絵。最初の盗聴器は絵の額縁に仕込んだ」

「どうりで、いつも黒崎家とタイミングが合うわけだ」

お母さんが耳につけていた超小型のワイヤレスイヤホン、定期的に届くアプリの通知は盗聴器から送られてくるものだったのか。

「そういうこと」

へらへらと嘲笑うような笑みを浮かべて言う。この男にとっては、ただのゲームみたいなものだったのだろう。今、黒崎家が大変なことになっているとも知らずに呑気なもんだ。

そこで、スマホの通知音が鳴った。福田からだった。私のカテキョを辞めてから、逐一状況をＬＩＮＥで説明してくるようになった。ＵＲＬを開くと、美湖ママのインスタに飛んだ。

そこに書き込まれていた誹謗中傷の言葉の中には、ヒモ男との関係について指摘するものもいくつかあった。お花の教室に男性が習いにくるだけでもめずらしいのに、ましてや、それが隣の家の旦那で、レッスン後一人だけ居残りしてるなんて、怪しいですよと大声で叫んでいるのと同じだ。まあ、そう仕向けたのはお母さんだろうけど。

「じゃ、最後にもう一つだけ。アルバムがどこにあるか教えてくれませんか？」

「連絡帳はもう見つけたの？」

「はい、一応。でも、中を全部読むことはできませんでした。そのうち、スキを見て読むつもりです」

「アルバムは、由布子さんの部屋のどこかにあると思うけど」

「見たことは、ないんですか？」

「ないけど、だいたい想像はつく。連絡帳の女の子のことが知りたいなら、由布子さんをつけてみるといい」

「尾行するってこと？」

「まあ、そんなところだ」

「あなたの前職は、詐欺師？　ホスト？　探偵？」

「俺を掘っても何も出てこねーよ」

「そうですか。ご苦労様でした。もし私をどこかで見かけても、声をかけないでくださいね」

「お互いにね」

誰のことも信用していない目で私を見つめた。


ヒモ男は、荷物をまとめると家を出て行った。小さなスーツケース一つだけ持って。羨ましいほど身軽な生き方をしているな、と改めて思った。どうせ、今日泊まる家にも困らないのだろう。

彼に言われた通り、お母さんの部屋を再度漁った。入念に、押し入れやら引き出しを見ていく。クローゼットの中の衣装ケースを開けた。下着やニットがグラデーションを描くように整理整頓されている。淡い色から濃い色になるように。とても几帳面な性格なのがわかる。

バッグや帽子も綺麗に収納されている。その中に、プラスチックの取っ手が飛び出ているのに気づいた。不思議に思い引っ張ってみたら、紙袋だった。けっこうな重さだ。もしや、と思って引っ張りだすと中から布地の表紙のアルバムが出てきた。これだ、と確信する。

中を開く。写真の横には、小さなメッセージカードが添えられていて、育児日記のようになっていた。『ユリちゃんは、パパが大好きです』私は、ページを捲っていくたびにお母さんの大事にしていた時間を盗み見ているような気持ちになった。これを見ていたお母さんの気持ちを思うと、胸が熱くなった。

最後のページを閉じて、私は震えた。


【少女B】


耳鳴りのように襲う言葉が、日に日に増えていく。ねえ、神様、どうすればあたしを許してくれますか？　ここから逃げなかったら、褒めてくれますか？

大袈裟《おおげさ》だと言う人もいるかもしれない。暴力をふるわれているわけではない。生死にかかわるような危険な状態に曝《さら》されているわけでもない。シカトされて陰口叩かれてちょっと物がなくなっているだけ。

天罰×我慢。わかっていても、やっぱり苦しいよ。日常を奪われるのはどんな罪人だって辛い。

「おはよう」

近藤さんは、可哀そうなあたしを見下すように笑っている。

どん、と背中に強い衝撃を受けた。振り返るのが怖くて前を向き続けた。故意なのか偶然なのか確かめることもできなかった。

突然、みんながスマホを取り出し、画面を開いた。食い入るように画面を見つめているクラスメイトを一人ずつ視線で追う。チラチラとあたしの顔を見てくるやつがいる。何が映っているのだ。もしかして、あたしと柊くんのラブラブ写真？　それとも、ママと栄子パパの密会写真？　どういいわけしようかと考えていたら、男子が後方からやってきて「フェイクだよな？」と訊いてきた。

「え？」

あたしは、まぬけな声で彼らの方を向く。男子は、スマホの画面をあたしの顔の前に押しつけるようにして見せてきた。

〝黒崎美湖の父親が痴漢をしている現場に遭遇〟という文字とともに動画が流れる。

『痴漢です！』

若い女の人が叫んでいる。

『な、何言ってんだよ。違う違う違う。俺は何もしてない』

情けない声を出すスーツ姿のおじさんは、どこからどう見てもうちのパパだった。はっきりと顔が映っている。モザイクはかかっていない。男子は「ほら見ろ」と画面をスクロールした。そこには、パパの免許証が写されていた。あたしが、「こんなおじさん知らない」と言い逃れできないようにってことか。ずいぶん用意周到だなと怒りを通りこして感心してしまう。

再び動画を見せられた。もういいよ、あたしの思いは誰にも届かない。動画には、続きがあった。

『おい、おっさん何してんだよ』

男の人の怒号が聞こえる。誰が叫んでいるかはわからない。あっという間に人だかりができる。人混みの中『違う違う』というパパの泣きそうな声がホームに響いていた。女の人は、泣きながら顔を覆っていてよく見えない。

でも、この後柊くんが助けてくれるんだ、という淡い期待は一瞬で消え去った。映像は、パパが駅員のような人に腕をつかまれたところで切れていた。悪意しかない。誰がこんな動画を撮ったのだろう。続きさえあれば、パパの味方になってくれる人が現れるのに。

「ウソっ」

あたしは、その動画の投稿者を見てさらに凍りついた。男子のスマホを奪うようにして手に取ると、指がおかしくなるほどスクロールしてさかのぼる。前の誹謗中傷の書き込みを投稿したのと同じく、ネット上での名前はＩＭＡＺＡ。やっとわかった。そのとき脳裏に浮かんだのは、赤紫色のたんぽぽみたいな花。反対から読むと〝ＡＺＡＭＩ〟。

——佐久間栄子で間違いない。

どうして、栄子がこんな動画を撮ってるの？　免許証なんてどうやって手に入れたの？

おかしい。どう考えてもおかしいのに、誰もこの動画を疑わない。偶然なの？　じゃ、パパは本当に痴漢をしたの？　信じきれない自分を責める。

すぐに、柊くんに連絡を入れた。本当にパパは、痴漢をしていないのか。現場で栄子の姿を見かけなかったか。返信はすぐにあった。

『大丈夫だよ。俺を信じて』

呼吸を整え、画面を見つめる。あたしには、柊くんがいる。それだけが救いだったし、誰よりも強い味方だった。

教室に戻る勇気はなく、保健室へ向かった。このまま早退したい。掌《てのひら》で体温計を擦って意図的に温度を上げていく。YouTubeで紹介されていた方法で、悪用厳禁なんて書かれていたのを思い出した。簡単に三十八度が表示された。なんて、ちょろいんだ。どう使うかなんてモラル、あたしにはない。


帰宅したあたしを待っていたのは、更なる絶望だった。

「おかえり」

パパは、スーツケースに荷物を詰め込みながら言った。

「何、どうしたの？」

「もう終わりだわ。パパの痴漢の動画が社内にバラまかれたみたい。左遷だって。どうするのよ、ここのローン」

ママは、パパを責める。

「俺は何もやってない」

動画に流れていた声とは打って変わって力強い。

「じゃ、なんでそれを証明しないのよ」

あたしは、パパを睨みつける。

「何回も言ったさ。でも、誰も信じてくれなかった」

「柊くんがいるじゃない」

「彼は、美湖の家庭教師で恋人よ。身内の証言に信憑性《しんぴょうせい》はないわ」

ママが答える。パパはじろりと睨むと、ため息をついた。

「でも、あたしと柊くんが付き合うようになったのはパパの痴漢騒ぎの後のことだよ」

「無理だわ。証明できるものが何もない」

「じゃ、赤の他人のふりして証言してもらえばいいじゃない」

「どうせ、バレるわ」

ママは、完全に諦めている。

「ねえ、なんでこんなことになったの？」

どん、と背中を押された拍子に一気に転がり落ちていくような感じだ。揃いも揃って、最低最悪のピンチに追い込まれるなんて。

「痴漢って、犯罪なのよねぇ」

ママは、ぼそっと呟いた。

「だから、やってないって。おまえ、俺のこと信じられないのか？」

「でも、あの動画見たら誰だってそう思うわよ」

「俺のことばっかり責められるのか？　知ってるんだぞ」

パパは、怒声をあげながらゴミ箱をひっくり返した。

「これ、エントランスの掲示板に貼ってあった」

床に、たくさんの紙が散乱する。ぐしゃぐしゃにされたそれを一つずつ広げていった。〝黒崎一家へ〟と名指しで書かれた様々な形態の紙切れ。

『出ていけ』『風紀を乱すな』『ゲス不倫』『嘘つきババア』『泥棒猫』……。

近所の人なのか、生徒さんなのか、それとも隣の住人なのかなんてどうでもいい。こんなものを書かれたら終わりだ。

その中には、うちのママと栄子のパパが寄り添って歩く姿や、オシャレなレストランで食事をしている写真も入っていた。ママは、普段着ないようなワンピースを着ていて、栄子のパパはスーツを着ていた。

うっとりとしたママの表情が気持ち悪い。

「ママが裏切ったから、パパは女子大生に痴漢したわけ？」

あたしは、もう投げやりになって二人を責めた。

「うるさい」

パパの平手があたしの耳と頰を打った。じんじんじんと熱を持つ。痛いよ、胸が。初めてパパにぶたれたショックの方が大きかった。

「出て行ってください」

ママの声は冷たくて死んでいた。

パパは、拳を握りしめ、歯を食いしばってママを見下ろす。なんとか立っている、という感じだった。

あたしは、二人に向かって誹謗中傷の紙を投げつけた。悲惨。

しばらくの沈黙の後、パパは家を出て行った。

あたしは、一枚一枚紙を拾い、ゴミ箱に捨てていく。いっそのこと、捨てられるものなら全部捨ててしまいたかった。これからどうなるんだろうという漠然とした不安が、津波のように襲ってくる。

そこで、インターホンが鳴った。ママは立ち上がろうともしない。あたしは、ふらふらと廊下を歩いていく。扉の先に柊くんが立っていた。

「助けて」

あたしは、彼に抱きついた。

「大丈夫だよ。俺がいるから」

さっきまでのことが夢だったらいいのに、今この瞬間から始められたらいいのにと思った。

「状況は全て把握してます。さきほど、ご主人から連絡がありました。お二人のことをすごく心配してらっしゃいました。自分の代わりに、守ってほしいと」

柊くんの穏やかな声が静かだった部屋に染み渡る。

「お母さんに、学校でのことちゃんと話した？」

「ううん。だって、それどころじゃないもん」

「学校で何かあったの？」

ママは、あたしの顔をぼんやり見上げる。

「美湖さんの学校でも、例の動画が出回っているそうです」

「どうして？　誰がそんなこと」

「はめられたのよ、栄子に。全部、あの子がしたんだわ」

「なんで栄子ちゃんがそんなことするの？」

「あたしが柊くんを奪ったから。ううん、ママが栄子のパパを盗ったから。あの子は、なんでも知ってた。なんでも知ってて知らないふりして、ずーっとタイミング見計らってたのよ。あたしたち家族をぐちゃぐちゃにするためにね」

「まさか……」ママは、信じられないと言ったふうに首を振る。

「栄子しか考えられない。あたしにはわかるよ。好きな人のためなら、なんだってできるもん」

もしあたしが栄子の立場でも、きっと同じことをしただろう。大事なものを盗られたら、誰だっておかしくなるよ。

「すみません。僕が美湖さんを好きになってしまったばっかりにこんなことになって……」

柊くんは、九十度に体を曲げてママに謝った。

「柊くんは、何も悪くない。ママが悪いのよ。栄子のパパのこと好きになるから。だいたい、パパがもうちょっと早く柊くんのカテキョOKしてくれてたら、こんなことにならなかったんだから」

あたしは、この期に及んで、全てを人のせいにしようとしていた。自分は悪くない、と肯定するために。

「最初に言い寄ってきたのは向こうよ」ママも負けじと言い返してくる。

「いい年してみっともないよ。四六時中スマホ握りしめてにやついてたり、変に若作りしたり。

見ててほんっとにイタい」

「もうイヤ。こんなのがずっと続くなんて耐えられないわ」

ママはその辺にあった雑誌を投げつけながら金切り声で叫ぶ。

「あたしだって耐えられないよ。学校で毎日毎日シカトされて嫌がらせされて」

止まらなかった。あたしたちは、柊くんの前で罵《ののし》り合う。

「二人とも落ち着いてください。方法は、二つしかないと思うんです。このマンションを出ていくか、鎮静化するのを待つか」

「うちは、あと三十年近くローンが残ってるのよ。ここを出ていくなんて無理だわ」

「そう、ですよね」

「あたしイヤよ。こんな生活耐えられないわ。隣に栄子が住んでるなんて」

「じゃ、俺のアパートに来る？」

「えっ……」突然の提案に驚いて声がつまってしまった。

「そんなの、パパが許してくれないわ」ママが首を振る。

「ヤダ。あたし、柊くん家《ち》に行く。パパには黙ってて」

「ダメよ。やっぱり、そんなのよくないわ」

「俺のこと、信用してください。お母さんは、ここで辛抱してください。買い物とかゴミ出しとか、当分は俺がやるんで。とにかく周りが沈静化するまでです」

「……わかったわ」ママがやっと折れた。

あたしは、ほんの少し高揚していた。彼がいればどうにかなる気がした。こんなに頼りになる人は他にいない。あたしは、全てを投げうってでもこの人を選んで良かったと心底思った。


【少女A】


ピコッとLINEの音が鳴った。福田からだった。画面をタップすると『速報』という文字が見えた。

美湖のお父さんが痴漢？　動画の送り主が私？　寝耳に水とはこのことだ。おそらく、投稿したのはお母さんでまちがいない。迂闊《うかつ》だった。まさか、そんなことまでされるなんて。新しく買い与えられたスマホのパスコードを変えていなかった。「暗証番号は、あなたの誕生日にしといたわ」なぜあれを好意的に受け取ってしまったのか。LINEのアイコンだって設定したのはお母さんだ。いまさらそんなこと悔いても、もう遅い。

お母さんは私に、「夏休みまではおとなしくしててね」と強く言っていた。もしかしたら、まだ復讐は終わっていないのかもしれない。復讐には主に二種類ある。社会的なものと身体的なものだ。既に、社会的なものは済んでいる。これ以上、何をする気だ。

さすがに、殺したりはしないだろう。

いや、でも……と恐ろしい考えが浮かぶ。お母さんは、念には念を入れるタイプだ。これまでの行動を思い返せば全て仕組まれていたことだったとわかる。盗聴器や報復を示唆する絵。毎日ノートに書かれる指示。それから、あの怪しい家庭教師を使って操っていたのだ。美湖パパの痴漢動画だって、お母さんの仕業だろう。お母さんの用意したシナリオ通りに私は踊らされていただけだったんだ。

お母さんに見つからずに尾行するなんて、危険すぎる。もっと違う方法で、探らなければいけない。ということは、やっぱりあの連絡帳が必要だ。篠宮ユリカの連絡帳を読めば、きっとお母さんの目的が見えてくるはず。

その前に、美湖に訊いてみよう。これは、一か八かの賭け。お母さんと黒崎家、どちらも救うためだ。ルール違反なのはわかっている。だけど、何もしないわけにはいかない。

美湖の家のインターホンを鳴らした。しばらくすると、なぜか福田が出てきた。

「なんの用?」冷たい口調で言うと私を見下ろした。

「どうして、あなたがここに?」

「君に関係ないだろう?」

福田の態度はいつもと違っていた。高圧的な態度に一瞬怯んだ。

「美湖と話したいんですけど」

「彼女は今それどころじゃないんだ。用件を言ってくれれば俺から伝える」

「いえ。私は、美湖と直接話したいんです」

「ダメだ」

「私、あなたが誰なのか気づいちゃいました」

「あっそ。もう少しだから、おとなしくしててよ」

「福田柊って名前、偽名だったんですね。〝ふくだしゅう〟を入れ替えると〝復讐だ〟になりますもんね。おふざけがすぎますよ、お兄ちゃん」

「帰れよ！」

福田は叫ぶと、私の肩をぐいっと押しやった。思わず、後ろに倒れそうになるほどの力だった。そのまま、玄関の扉は閉められた。

お母さんがいつも見ていたアルバムの中に、彼がいた。

篠宮ユリカの兄として。

最終章　『あの子に絶望を見せてあげなさい』

【少年A】

「じゃ、殺しちゃいましょう。自殺に見せかければいいんですよ」

俺は意気揚々と言い放った。追い詰められた人間は、なんだってやる。ちょっと背中を押してさえやれば、後は勝手に自分から地獄に転がり落ちていくものだ。

「そんなことできるの？　だって、調べられたらバレるんでしょ。自殺か他殺か」

黒崎のババアは、俺に縋《すが》りつくような目で訊いてくる。

「大丈夫です。揉み合った形跡がなければ、警察はそこまで調べません。司法解剖に回されるのは、不審死の場合のみです。死体は、隣の家にちゃんと俺が運びますから安心してください。まず、俺が彼女をここへ連れてきます。薬で眠らせておきますから、そう大変ではないでしょう。数十秒であの世行きです」

嘘を信じ込ませるのももう簡単なことだった。この一ヶ月、俺はあらゆる方法で黒崎のババアを追い詰めてきた。外からの情報を遮断し、誰にも会わせず、俺に依存するように仕向けた。こいつが今、頼れるのは俺しかいない。俺の言うことならなんでも聞く。

『自分たちの生活を奪ったのは、佐久間栄子。佐久間栄子さえいなかったら、こんなことにはならなかった』何度もこの言葉を繰り返し聞かせた。

夫も娘もいなくなり、彼女は完全に孤独と恐怖に支配されている。準備万端。

俺は、アザミの絵を見つめて言った。

「あの子を殺せばいいんですよ」

＊

わたしたちの復讐は、あの日から始まっていた。わたしの娘、篠宮ユリカが自殺をした二年前の夏休みから。

それは壮大な計画で、金と時間と労力と頭脳を駆使した長い闘いのはじまりでもあった。

わたしの大事な大事な娘。美しくて聡明な娘。ユリカは死んだ。その事実を受け入れるまで時間がかかった。

わたしは、ユリカの葬儀の途中で体調を崩し入院することになった。元々、人付き合いが得意な方ではなかったため、友達と呼べる人はほとんどいなかった。学校の行事に参加するのも入学式と卒業式くらいで、ママ友との交流もなかった。ただ、一生懸命子育てをしてきた、それだけがわたしの誇りだった。

退院後は毎日学校へ出向き、生徒や先生にヒアリングを行った。誰もが口を閉ざし、知らないと首を振る。わたしの姿が見えると、生徒たちは逃げるように去っていく。「また来てる」と冷たい視線を投げながら。それでも、わたしは諦めなかった。しつこいほどに食い下がり、ついにクラスメイトの一人が口を割った。

「ごめんなさい。ユリカちゃんのことをいじめてました」と。

それは、薄々気付いていたことだった。ユリカが最後に書き記した文字には「誰も信じてくれないこの世界に未練はありません。さようなら」とあった。

ただ、理由と証拠が欲しかったのだ。そして、わたしは生きる意味を見つけたかのように執拗に理由を探した。いじめの原因を。

それがいけなかったのだろうか。わたしたち家族は、村八分のようにされてしまった。家を出れば後ろ指をさされる毎日。最愛の夫は、突然、営業職から工場への異動が命じられた。理由はよくわからなかった。年下の人間にこき使われ、上司からはパワハラを受け、徐々に精神を病んでいった。会社にも行かなくなり、仕事を辞めさせられ、毎日浴びるほど酒を飲み続けた。息子は、地元の専門学校をやめ、アルバイトで生計を支えた。だけど、息子の稼ぎなんてたかがしれていた。アルコール依存症の夫をどうにか元に戻そうと頑張った。病院にも付き添い、酒と水を入れ替えるなどして治療を試みたが、成果はなかった。暴力だって我慢した。生活はギリギリ、精神状態もギリギリ、立っているのがやっとの状態の中、夫はわたしを置いて逝《い》ってしまった。酒を買いにコンビニへ出かけたまま帰らぬ人となったのだ。轢《ひ》き逃げ事故だった。犯人はすぐには捕まらなかった。捜査は難航し、わたしも息子も疲弊した。警察は事故死と判断したが、わたしは自殺だったのではないかと思っている。なんでわたしたちだけがこんな思いをしなければいけないの？　これまでのことを誰かのせいにして復讐でもしなければ生きていけない、そう思った。

「ユリカちゃんがいじめにあった原因は、黒崎美湖」

ようやくたどり着いたときにはもう遅かった。何も残っていなかった。

ユリカを自殺に追いやった張本人である黒崎美湖は、何事もなかったかのようにあの町を去っていった。葬儀にも顔を出さなかったし、わたしたち家族に謝罪することもなく、姿を消した。

それればかりか、黒崎美湖の母親は自分の娘がいじめの原因を作ったという事実を隠蔽するために、とんでもないデマを流していたことが後になってわかった。

「ユリカちゃんの自殺の原因は、父親からの性的虐待らしい」。このらしいという言葉は実に都合がよい。村八分にされた原因も夫が左遷されることになったのも、これが原因だった。あのデマさえなければ、夫が死ぬこともなかったかもしれない。

黒崎美湖の母親は、自分の娘を守るために、娘本人にまで嘘をついたのだ。「あなたは悪くないのよ」と。夫に罪をなすりつけ、逃げた。黒崎美湖に反省させることを怠った罪は重い。

クラスメイトはこう言っていた。

「ユリカちゃんがいじめられるようになったのは、万引きをしたと広まったからです。その噂を流したのは、美湖ちゃんでした」

あれは、中学二年になってすぐの頃だった。近くの雑貨店でユリカが口紅を万引きしたと自宅に連絡があったのだ。その店は、レジを通していない商品を持ったまま外に出ると、ブザーが鳴るシステムの店だった。幸い店の人が、きちんと支払ってくれたら今回だけは許すと言ってくれたおかげで、警察のお世話になることも、学校に連絡されることもなかった。あのとき、わたしはユリカを強く叱った。だけど、それは母親として当然のことで、間違ったことはしていないと今でも思っている。「お父さんには言わないで」というユリカの言葉を制して、夫に報告した。夫は、ユリカの髪を引っ摑むと、頰を平手で張った。「言いわけをするな。見苦しい」と。少々、厳しかったかもしれないが、わたしたち夫婦は正しく娘を導いてやれたと自負している。「ごめんなさい」と声を絞り出すようにして謝っていた記憶がある。それからは、いつも通りのユリカに戻っていった。いや、必死に失ったものを挽回させようとしていた。努めて明るく振る舞うユリカの姿は、とても健気だった。だから、気付けなかった。ユリカが学校でいじめにあっているなんて。

まさか、万引きの現場に一緒にいた黒崎美湖がクラスメイトにバラしてしまうなんて想像もしていなかった。その全貌をわたしたちは、ユリカの〝連絡帳〟で知った。そこには、ユリカの悲痛な叫びとＳＯＳが綴られていた。

「許さない」

わたしは、ある計画を立てた。

それは、究極の絶望を与えるという恐ろしいものだった。


【少年Ａ】


黒崎家のリビングは、全ての窓のカーテンが閉まっている。今、俺の前にいる女は昼なのか夜なのかもわかっていないだろう。現在、午後七時半を過ぎた頃だ。

「美湖さんが学校でされているいじめを想像してください。無理やり椅子にくくりつけられ、頭から袋を被せられて視界を遮られ、身動きが取れない状態で、暴行を受けているんです。毎日ですよ、毎日。全て、佐久間栄子のせいです」

俺は、美湖のTwitterアカウントを乗っ取り、いかにもいじめられている可哀そうな少女を装ってつぶやき続けた。まんまと信じ込んだバカな母親がここにいる。

「あの子は、美湖は無事なんですか？」

「かなり精神を病んでいます。体中に痣《あざ》ができ、お風呂に入るのもままなりません」

「会わせてください」

「もうすぐ会えますよ。佐久間栄子を殺したら、安心して会えますから。美湖さんのためです。美湖さんを救えるのはお母さん、あなたしかいません」

まるで、怪しい宗教の教祖だ。

「許さない」

いつか聞いたことのあるセリフだった。母親とは子供のためならなんだってする恐ろしい生き物だと、改めて思った。

「美湖さんが学校でされているのと同じ状態にしておきますから。思いっきり絞めてくださ い」

「はい」

「では、準備しますので、俺が呼ぶまで寝室で待機していてください」

「わかりました」

従順でよろしい。

俺は、隣の佐久間家に行き、眠った少女を肩に担いだ。制服を着ている。長い髪が、頬に当たってくすぐったかった。

玄関前に誰もいないことを確認し、佐久間家を出た。黒崎家に戻ると、予《あらかじ》め用意しておいた椅子に少女を座らせた。手足を紐で縛り、頭に紙袋を被せた。そろそろ、薬が切れる頃だろう。

「絶望を見せてあげる」

少女の耳元で囁《ささや》いた。

これで、全てが終わる。お母さんの計画の手伝いからやっと解放される。

俺は、寝室にいる黒崎のババアを手招きする。

黒崎のババアは、なんの躊躇《ためら》いもなく椅子に座った少女の首を紐で絞めた。やや興奮しながら、でもちょっと楽しそうに。

これにて、復讐完了。

さて、そろそろ見せてやろうか。

究極の絶望を。

*

真壁先生もお気づきかと思いますが、私は今、みんなから無視されています。きっかけは、私が万引きで捕まったと黒崎美湖が言いふらしたことです。事実とは違う内容でどんどん広まっていって、私がどんなに違うと否定しても誰も信じてくれません。「前から盗み癖があった」とか、「私から万引きに誘われたことがある」とか、「警察が来て大騒ぎだった」とか、いろいろ言いふらされました。あの日、すぐにお母さんが来てお金を払って謝ったおかげで、学校や警察には言わないとお店の人は言ってくれました。

美湖も誰にも言わないと約束してくれたのに、裏切られてしまいました。美湖が私を裏切ったのは、私と好きな人が被ったからだと思います。あの子は、なんでも、私の真似をしたがるんです。髪型とか持ち物とか。人のモノがよく見えるんでしょうね。だから、絶対に相談するのはやめようって思いました。

美湖に内緒で、K先輩に告白をしました。思いが通じて、私たちは付き合うようになりました。そのことが噂になったとき、美湖はすごく怒ってた。なんで言ってくれなかったのって。裏切り者って。なんで好きな人に好きって告白するのが裏切りなのか、私にはわかりません。そんなことで、こんな嫌がらせはないと思います。

先生は誰にともなく言いましたよね。「いじめはよくありません」と。本当は気付いてたんでしょう？　私がみんなにいじめられてること。なのに、ちゃんと向き合おうとしてくれませんでしたね。先生がいるときはみんな仲良さそうにしてますけど、私への無視はずっと続いています。

無視されるのは辛いです。最初は、我慢しようと思いました。だけど、もう限界です。最後にこれだけは言っておきたいです。私は何もしてません。信じてください。

私は、ずっと前から図書委員の委員長になることを目標としてきました。生徒会の一員になるために、これまで学級委員の仕事だったり勉強だったりボランティア活動なども頑張ってきました。担任の先生の推薦でなれると聞いていたので頑張ってきたのに、先生は、私を推薦してくれなかったんですね。一組の田中さんが候補になっていると、学年主任の先生に聞きました。

先生は、私が万引きをしていじめにあっているから、生徒会の一員にはなれないと判断されたんでしょうか？

誰も信じてくれないこの世界に未練はありません。さようなら。


そして、ユリカは自ら首を吊って死んだ。中二の夏休みだった。

＊

「あっ。え……。嘘、本当に死んだの？」

黒崎美湖の母、紗香は一瞬我に返って茫然と立ち尽くす。彼女は今、一人の人間を殺した。その事実を確認させる。

「あっけないでしょ？　人の死って」

廊下で待機していたわたしは、満を持して登場する。

「……」黒崎紗香は言葉を失って目を見開く。なんで？　という表情で。

「驚くのはまだよ」

そう言って、わたしは死んだ少女の被せられていた紙袋を剝ぎ取った。ロングヘアのウイッグが床にバサリと音を立てた。清鸞高校の制服を着た髪の長い少女は、佐久間栄子ではない。着せ替え人形の要領と同じだ。

黒崎紗香は「はっ」とその場の空気を全部吸ってしまうかのような勢いで口を大きく開けると、死体に抱きついた。

「なんでなんで？　え？　え？　え？」

もう、言葉にならないほど動揺している。


——黒崎紗香は、最愛の自分の娘、美湖を殺したのだ。


「お見事」わたしは、震える息子の肩を叩いてねぎらう。

わたしたち母子が考えた〝究極の絶望〟は、黒崎紗香に我が子を自ら殺させることだった。

今、黒崎紗香の目の前にいるのは佐久間由布子と福田柊ではない。知らなくて当然だ。おまえたちは、ユリカの葬儀にも出席せず、卑怯な手を使ってあの町から逃げたのだから。

「どうしてか知りたい？　教えてあげるわ。わたしは、あんたの娘に殺された篠宮ユリカの母親よ。ユリカのこと、忘れたとは言わせないわ。あんたは知らないでしょうけど、わたしの最愛の夫はね、あんたが流したデマのせいで死んだのよ。人はね、嘘や噂を簡単に信じてしまう愚かな生物なのよ。たったそれぐらいのことで死んでしまうの。あんたには、わたし以上の苦しみを味わってもらう。これは、罰よ。あんたが自分の娘を守るために、身勝手な嘘をついた罪は重い」

最後まで言い切っても、わたしの感情は一ミリも動かなかった。喜びも悲しみももう残っていないのかもしれない。復讐を遂げた、その事実だけがここにある。

わたしたちが黒崎家を去ろうとした瞬間、ベランダの窓が開いた。

あっ、と声を出したときにはもうそこに黒崎紗香の姿はなかった。

これは、わたしたちの計画には含まれていなかったことだ。

「まあ、こういう結末も悪くないわね」

エンドロール『絶望のあとに見たものは……』

【少女A】

「おつかれさま」

女は、私に明細書を手渡して言った。これまで、私が佐久間栄子として働いた分の給料が記されていた。


言うまでもなく、私の本当の名前は佐久間栄子ではない。年齢は今年で二十二歳。

イギリス留学は、小さい頃からの夢だった。定時制の高校に通いながらアルバイトでお金を貯め、大学進学を諦めてひたすら働いた。特別貧乏でもなかったし、かといって親の脛をかじっていけるほど余裕があるわけでもなく、夢を叶えるためには自力で頑張るしかなかった。夢は二十歳のときに叶った。イギリスでの生活は、快適だった。居場所を求めて生きてきた自分にとって最高の環境だと思えた。

去年の冬、父親が交通事故で亡くなったと母から知らせを受け、帰国を決めた。あのときの母を一人にしておくのは危険だと思ったからだ。父に多額の借金があったことは、亡くなってから知った。自殺の可能性があったことから、保険金はすぐには下りなかった。母に返済能力はなく、私が働くしかないと悟った。短期間でまとまったお金を稼ぐ方法は、魂を売るか体を売るかの二択しかなかった。犯罪に手を染めるか、風俗で働くか、というところまで追いつめられていた。

そんなとき、ＪＫサークルをネットで見つけた。調布駅の北口にある雑居ビルに私は足しげく通った。少女ＡのＡからとって「栄子」という偽名をつけた。もう未成年ではないけれど。体を売る根性のない私は、ちまちまと小銭を稼ぐくらいしかできなかった。自分のプライドをギリギリ保つためだ。マジックミラーの向こうにいるおじさんたちを意識してあの部屋で過ごした。年末の一番忙しい時期にあの女は現れた。

『わたしの娘にならない？』なんとも怪しい勧誘だった。〝レンタル家族〟というアルバイトがあるらしいという噂は聞いていたけど、まさか自分にそんな依頼が来るとは思っていなかったので驚いた。〝夏までで〇百万円〟という甘い誘いにつられた。私がもっと賢ければ他の選択肢があったかもしれないが、あのときはそれがとても魅力的に思えた。一定期間、他の人間に成りすまそうと決めた。

あの女、つまり篠宮ユリカの母親は、旧姓の佐久間を名乗り、亡き夫の保険金で黒崎家の隣の部屋を買い取ることに成功した。オーディションと称した仮生活を経て、私たち偽物の佐久間家はあのマンションに住むことになった。前のお父さんのように、仮生活中にクビになった人が他にいるかどうかはわからないが、もしかしたら厳選に厳選を重ねて佐久間家のメンバーが構成されたのかもしれない。新しいお父さんとして存在していたあの男は完全にこの道のプロだ。スマートで完璧。もう二度と会うことはないだろうけど。

最初は、私たちと同じ業種だと思っていた福田柊がまさか、向こう側の人間だったとは驚いた。今思えば、彼の発した〝お母さん〟はとても自然だった。

「お母さん、終わりました」「お母さん、ただいま」「お母さんを犯罪者にしたくはないからね」と言っていた彼の声を思い出す。

万が一のことがないようにと、息子を家庭教師として近くに置くことは、私への配慮だったのだろう。暴走した黒崎家の人間が早まって、直接私に危害を加えることも視野にいれていたに違いない。まさに、彼は私のボディガードだったのだ。

また、黒崎美湖のクセを知っていた篠宮母子は、親友の彼氏を奪うというシナリオを作った。彼は、同じマンションの上階に住んでいると言っていたが、それは嘘だった。いや、全てが嘘だった。黒崎家の人間を操るための準備を彼はずっとやっていたのだ。見事な連携プレーだったと思う。私はまんまと騙《だま》され、いいように使われたというわけだ。

ただ、彼女の作るご飯をもう食べられないと思うと少し残念だ。毎日、デパートの屋上で食べるお弁当は本当に美味しかった。清鸞高生のフリをしろ、と言われたときは驚いたけれど、あの制服を着て街中を歩くのは興奮したし高揚もした。

景朋中学でユリカの担任だった真壁亜里沙は、度重なる嫌がらせや誹謗中傷の書き込みにより精神を病み、服毒自殺した。言うまでもなく、この嫌がらせを繰り返していたのは、今私の目の前にいる女だ。

線香の匂いがする。娘と夫の墓参りにでも行ってきたのだろう。復讐完了の報告といったところか。

「これから、どうするんですか?」

「何も考えてないわ」

「いくつかわからないことがあるんです。最後に教えてもらえませんか?」

「何?」

「私にも、盗聴器しかけてましたよね。あと、GPSも。スマホのアプリに仕込まれていたなんて気づきませんでしたけど。そこまでしてるのに、例のノートを書かせたのはどうしてですか?」

「盗聴器やGPSでは、人の心まで読めないでしょ」

彼女は、いつものように薄い笑みを浮かべる。直筆の日記への執着のようなものだろうか。きっと彼女は、ユリカの連絡帳を生きているときに見なかったことが全ての過ちだと思い込んでいるのだろう。

もし、見ていたとしたら、何か変わっていたかな。

「宅配業者の男も、エントランスの掃除をしていたおばあさんも、痴漢をでっちあげた女子大生も、全部お金で雇ったんですか?」

「そうよ。世の中には、金のためならなんでもするバカな人間がいるの。あなたもその一人だと思ったけど、ちょっと違ったようね」

「もちろん、お金のためですよ」

「ずいぶん、反抗的だったけど」

「目的がわからないことをやらされるのは怖いですよ」

「最初に全部話してたら、協力しなかったでしょ?」

「おそらく」

「まあいいわ。全て終わったことよ」

「あ、いろいろ調べてわかったことがあるんです」

「何かしら?」

「あなたの娘のユリカちゃんがなんで死んだかってことです」

「それは、いじめよ」

篠宮ユリカの母親は、言いきった。

「美湖が言ってたんですよ。昔、悪いことしたことがあるって。友達に万引きの濡れ衣をきせたことがあるってね」

「どういうこと？」

「やっぱり、気付いてなかったんですね。ユリカちゃんは、万引きなんかしてなかったんですよ。美湖がユリカちゃんの鞄に口紅を入れたんです。わざと、ブザーが鳴るお店にユリカちゃんを誘ったとも言ってました」

「そんな……」

篠宮ユリカの母親は、眼を見開いて戦慄《わなな》いた。

あの連絡帳には、何度も何度も書かれていた。

――私は、何もしてません。信じてください。

そして、最後に書かれた言葉を思い出す。

――誰も信じてくれないこの世界に未練はありません。さようなら。

そこには、自分の母親でさえもという意味が含まれていた。彼女は信じてもらえなかったことが辛かったのだ。

「あなたの娘が死んだのは、あなたのせいです」

本書は「小説推理」二〇二〇年九月号から二〇二一年一月号に連載された
『絶望マニュアル』を改題し、加筆訂正を加えたものです。

悠木シュン●ゆうき　しゅん

1980年生まれ。広告代理店、デザイン事務所、印刷会社勤務を経て2013年「スマートクロニクル」で第35回小説推理新人賞を受賞。14年『スマドロ』でデビュー（文庫化に際して『スマート泥棒』に改題）。その他の作品に『トライアンフ』『花葬』『背中、押してやろうか？』「海辺のカフェで謎解きを」シリーズがある。

仮面家族《かめんかぞく》

2021年8月1日　第1刷発行

著　者―― 悠木《ゆうき》シュン

発行者―― 箕浦克史

発行所―― 株式会社双葉社

東京都新宿区東五軒町3-28　郵便番号162-8540
電話03（5261）4818〔営業〕
03（5261）4831〔編集〕
http://www.futabasha.co.jp/
（双葉社の書籍・コミック・ムックが買えます）

DTP製版――株式会社ビーワークス

印刷所―― 大日本印刷株式会社

製本所―― 株式会社若林製本工場

カバー印刷 ―― 株式会社大熊整美堂

落丁・乱丁の場合は送料双葉社負担でお取り替えいたします。
「製作部」あてにお送りください。
ただし、古書店で購入したものについてはお取り替えできません。
［電話］03-5261-4822（製作部）

定価はカバーに表示してあります。

ISBN978-4-575-24424-3 C0093

小説推理新人賞受賞作

スマート泥棒

悠木シュン

パズルのように登場人物が繋がっていく複雑な人間関係と、一章ごとに増えていく相関図は一度読んだらもう一度読みたくなる。選考委員をうならせたデビュー作！

文庫判

トライアンフ

悠木シュン

政治家の娘の誘拐事件と、二十年前の児童誘拐事件。二つの事件に関わりがある五人の告白から、思いもよらぬ真実が浮かび上がってくる。

四六判上製

背中、押してやろうか？

悠木シュン

連続する同級生の死は、事故なのか自殺なのか⁉　親友の不登校、そして突然始まった「ぼく」へのいじめ。一体この中学校でなにが起こっているのか……。

文庫判

君の××を消してあげるよ

悠木シュン

少女にはだれにも言えない秘密があった。それには四年前の、ある出来事が関わっていた。街中に現れる「殺」の文字の意味とは？　傑作青春ミステリー。　四六判並製